察知されない最強職《ルール・ブレイカー》
「――弱い者イジメは好きじゃないいんだけどな」
ヒカルは男の背中に肘打ちをめり込ませた。
Yasuaki Mikami
三上康明
illustration
八城惺架
JN053245

「……日本に帰りたいの？」

ラヴィアが言い、
ポーラがハッと息を呑んだ。

セリカが穴に押し込んできた
小さな包みがギリギリで通り抜ける。

「あなたがあの
アイザック様でしたか――」

「カフェストリート」に行ってみたいから、
そこで打ち合わせをしようと言ったのはラヴィアだった。
ヒカルはシルバーフェイススタイルで行くことにし、
ラヴィアとポーラもまた仮面の姿となった。

アイザックにも仮面を渡した。
「異様なお客様ご一行」のできあがりである。

INTRODUCTION

9

日本へ!

ヒカルたちの滞在しているポーンソニア王国では
術を発動させるのに必要な精霊魔法石が
大幅に値上がりしていた。
ヒカルはこれを手に入れるべく女王に相談したり
オークションに参加したりするのだがうまくいかない。
そんな時、テイラー男爵家の
魔術研究者アイザックと出会う。
彼の研究が成功すれば高価な精霊魔法石が
少しですむとわかり、ヒカルは協力を申し出る。
テイラー男爵家は多額の借金を抱えており、
その解決のために、ヒカルは借金相手のバラスト商会に侵入し、
借用書におかしな点があればそれを突いてやろうと
考えたのだが……気がつけば、大騒動に巻き込まれていた！
皆に慕われていた先代、そのプレッシャーに負けた
今の商会長、商会長の座を譲ったその兄。
彼らの人間模様を見ていて、ヒカルは自分の両親のことを思う。
せめて自分のことを連絡するべきではないのか。
そしてそのときはやってきた。
「世界を渡る術」はついに安定して使えるようになった。
ヒカルは日本へと渡る決心をする。

察知されない最強職《ルール・ブレイカー》 9

三上康明

ヒーロー文庫

察知されない最強職《ルール・ブレイカー》

9

illustration 八城惺架

CONTENTS

イラスト／八城惺架
装丁・本文デザイン／5GAS DESIGN STUDIO
校正／福島典子（東京出版サービスセンター）
DTP／伊大知桂子（主婦の友社）

この物語は、小説投稿サイト「小説家になろう」で発表された同名作品に、書籍化にあたって大幅に加筆修正を加えたフィクションです。

実在の人物・団体等とは関係ありません。

プロローグ　異世界狂想曲

用意できたのは拳ほどの大きさの石だけだった。

「風魔法」の属性をもつこの精霊魔法石は、エメラルドグリーンに輝いていた――この程度のサイズでも目玉が飛び出るほどの価格だというのだから恐ろしい。

（さらには使い捨てだもんなぁ……）

ヒカルは思わず遠い目になってしまった。

いくら都会でも、夜ともなれば街はその明かりを落とし、静まり返る。

一部の繁華街は別だけれども、ヒカルが今いるここは――ポーンソニア王国王都の中でも辺鄙《へんぴ》な場所にあって、人の住んでいる気配すらほとんどなかった。

今では使われていないこの古い倉庫には、かび臭いニオイが漂っている。倉庫の中央に倒れていた木製のイスは――2か月前、ヒカルと同郷の日本人であり、ランクBの冒険者パーティー「東方四星」のメンバーでもあるセリカを、日本に送り出したときに倒れたものだ。

イスを起こしたヒカルは、腰を下ろしながら懐の懐中時計を確認する。

約束の夜10時まで、あと少しだけ時間がある。

（……この2か月、いろいろあったなー）

目を閉じるとまぶたの裏に浮かぶのは、この大陸全土に広がる「教会」の長である教皇ルヴァインのうさんくさい笑顔だった。

（絶対もう近寄らないでおこう）

聖ビオス教導国の先代教皇がもたらした「呪蝕ノ秘毒《じゅしょくのひどく》」による災禍《さいか》。

これを食い止めるためにヒカルやラヴィア、ポーラは東奔西走した。

ヒカルはビオスに潜り込んで、マッドサイエンティストのランナと戦った。

彼女は千年を超えるマンノームと教会との秘密を知る人物で、その秘密の中枢である教会地下の「大穴」を開放した。

そのランナを倒してからも大変だった。

少数種族である獣人たちが連帯し、自治を行う『中央連合アインビスト』。アインビストと聖ビオス教導国の戦いはなんとか停戦となったものの、「呪蝕ノ秘毒」で大ダメージを受けたクインブランド皇国がビオスに宣戦布告し、ビオスへと侵攻した。

先代教皇を「呪蝕ノ秘毒」により失ったビオスだったが、次代教皇としてルヴァインが立ち、ヒカルはルヴァインとともにクインブランド皇国へと向かった——ほんの少しの供を連れて。

クインブランドとビオスの停戦協定は上手くいったが、それを見届けたヒカルは逃げるようにクインブランドを脱出した。これ以上は付き合っていられないと思ったのだ。

（使えるとなったら骨の髄《ずい》までしゃぶってきそうな感じだったもんなー）

ルヴァインは、良くも悪くも「教会」が最優先なのだ。そのためになら文字通り「なんでもする」だろう。

いっしょに苦難を乗り越えたから「心が通じたかもしれない！」なんて油断してはいけないのだ。

クインブランドへ同行したのにろくすっぽ報酬ももらわずにルヴァインから逃げることになったが、ヒカルとしては自分の判断が間違っていたとは思わない。

（命あっての物種だし、「大穴」を討伐したときにもらっておいたお金で触媒も買えた）

今、ヒカルが手にしているのは精霊魔法石だが、背負ったバッグには他の魔術触媒があり、さらには魔術式を描いた紙がある。

「……っと、そろそろ時間だ」

ヒカルはひとりで「世界を渡る術」の設置を始める。

「世界を渡る術」は術を行う者と、世界を超えた場所にいる者との魂の結びつき、魂が引き合う力が重要――そう推測されていた。

（ま、それに今日はつなぐだけになりそうだしね）

紙を広げ、魔術式に合わせて魔術触媒を置いていくと、描かれた式がほんのりと光を放つ。

最後に、術に力を与える精霊魔法石を置くタイミングで、ヒカルはクジャストリア女王からもらったその石を見やる。このサイズでは、腕一本が通るかどうかという大きさしか開かないだろう。こちらから向こうに送る手紙は準備してあるが、ヒカルとしては向こうでなにが起きているのか確認したいところだった。

前回は「東方四星」の残りのメンバーであるソリューズ、シュフィ、サーラの3人を送り出したが——ヒカルが見たのは申し訳なさそうにしているセリカと、セリカの友人でもありヒカルの先輩でもある葉月《はづき》、そしてその向こうに居並ぶ大量のカメラマンや記者、テレビのリポーターだったのだ。

(どう考えても異世界の存在がバレてるんだよなぁ……)

もう一度ヒカルは遠い目になる。

2か月もの間、これほど苦労した自分だというのに、どうして世界を超えた向こうのトラブルまで心配しなければならないのか。

「まあ、なるようにしかならないか」

夜の10時になった。

ヒカルはため息をつきながら風の精霊魔法石を置いた——直後、魔術が発動して風が吹き荒れる。

「世界を渡る術」は不完全だ。

こちらから向こうに渡ることはできるが、向こうからこちらには渡れない。

唯一、物質だけはやり取りできるので、セリカが手紙を書いていればこちらに送ることができるだろう。

しかし、なぜ人間はダメなのか。

ヒカルはそれを確認するべく、ソウルボード上で最大値まで上げた「魔力探知」で確認する。

（……すごい）

思わずため息が出るほどの、美しい魔力変質が起きている。

複雑に描かれた魔術式によるものだが、この式を生み出した人間——ヒカルの身体の元の持ち主であるローランドは天才だと改めて思った。そしてこの式を改良したクジャストリアも。

精霊魔法石によるエメラルドグリーンの魔力が結集し、空間に亀裂を入れる。

扉が開かれる瞬間が、最も魔力の負荷が掛かるときだ。

今、開く——向こうに見えるのは懐かしくも、遠い、日本の風景。

新幹線の窓よりもはるかに小さい、予想通り腕一本がなんとか通るかという大きさの亀裂。

前回と違うのは、そこにいるヒカルの知り合いはセリカだけだということ。

穴が開いた瞬間にセリカはこちらへ走ってきた——彼女の背後にいる大勢のカメラマンがフラッシュを焚《た》きまくる。セリカがなにか言っているが、やはり声は届かない。

(あれは……なにかの測定器?)

彼女の背後には、パラボラアンテナがくっついた冷蔵庫のような機器があり、ヘッドフォンをつけてなんらかの波形を確認している人たちもいた。どうやら世界と世界をつなぐショーは、科学者たちの興味も惹《ひ》いたようだ。

セリカが穴に押し込んできた小さな包みがギリギリで通り抜けると、あっという間に亀裂は閉じてしまった。

包みが、焼き切れた魔術式の上にごとりと落ちた。

「……あ」

風はやんで、辺りには静けさが戻っていた。

自分がなにもできないまま、すべてが終わっていた。

「…………」

ぽりぽりと頭をかきながら、どうやら「魔力探知」に集中しすぎたこと、向こうの世界をあますところなく見てやろうと思っていたこと、そのせいで——緊張していたらしいことにも気がついた。

「……せっかく書いたのに、無駄になっちゃったな」

渡そうと思っていた手紙は、握りしめられてぐしゃぐしゃになっていた。

「で、向こうはなにを送ってきたのやら」

わざと軽い口調で言って、ヒカルは小包を拾い上げるとバッグに突っ込んだ。これは宿に戻って確認しよう。焼き切れた魔術式や触媒を回収すると、古びた倉庫にはぽつりと、1脚のイスだけが残った。

第35章　世界をつなぐ料金は、目玉が飛び出るほどにお高い

『やっ、久しぶり、元気？　あ〜、そっちの言葉、久しぶりすぎてちょっと忘れかかってるのよね。だから日本語で話します。日本に戻って日本語を使うと大陸共通語を一気に忘れちゃうっていうか。ていうかウケるのがさ、ソリューズたちもこっちに来たじゃない？ソリューズなんか日本語しゃべれないくせに、大陸共通語が下手くそになってきてるの。笑えるでしょ。ワケわかんない、あはははは……あー、まあ、それはさておき』

純白に赤の刺繍《ししゅう》が入った、フード付きのジップアップパーカーを着たセリカは、こほん、とひとつ咳払《せきばら》いした——。

「今なんて？」

「……ほんとにどうでもいい話」

それは手のひらサイズの小さな画面だった。ヒカルが日本にいたときにはおなじみだったスマートフォン——懐かしいその機器に収録されていた動画は、セリカからのメッセージだった。

左右からラヴィアとポーラも興味津々というふうにのぞき込んでいる。「世界を渡る術」

を終えたヒカルをふたりは待っていてくれた。セリカから送られてきた包みを開けるとこのスマートフォンが入っていたので、いっしょに観賞会というわけだ。

セリカは日本語を話しているので、ヒカルは同時通訳をしなければならない。

『……ソリューズたちを、あたしの大切な友だちをこっちに送ってくれてありがとう。ほんとに感謝してる。黙って出てきちゃったじゃない？　ソリューズに怒られちゃったよ……あたしたちは4人で「東方四星」なんだよって』

最初にセリカが日本へ戻ったときにはソリューズたちには黙ったままだった。だけれどソリューズたちはセリカの様子がおかしいことにとっくに気づいていて、それで前回は「自分たちもあっちに行く」と言って彼女たちも日本に渡った——戻れない可能性があることも承知の上で。

セリカもそれがわかっているからだろう、照れくさそうだった。

『で、あの子たちが今なにをしてるかというと、病院にいるの。世間的には異世界の存在は半信半疑、みたいなところがあったんだけど、ソリューズたちが出現しちゃったでしょ？　とりあえずあの子たちが健康体なのかどうか、確認が必要ってことで健康診断、それに未知のウイルスがいないかどうか検査されてるんだ。もう、ずーっとよ。あたしなんかは元が日本人だからいいんだけど、あの子たちは異世界人でしょ？　だから血液型も未知のものみたいで、すっごく時間かかってる』

なるほど……とヒカルは納得する。

確かに、現代医学で解析できない未知のウイルスが持ち込まれたとしたら大変なことになる。

『とはいえ、サーラが持ってきたポーションを見てみんな度肝を抜かれてたんだけどね。魔法を見せたらもっとびっくりしてたけどね――』

「えっ。日本で魔法を使えるのか？」

『とは言っても、あたしの魔法はほとんど発動しないんだけどね』

動画に話しかけても意味はないのだけれど、なんとなくヒカルの問いにセリカが答えたふうになった。

（魔法を……使えるのか？）

ヒカルは一瞬、呆然《ぼうぜん》とした。

であれば、地球上で他に魔法使いが現れてもおかしくないと思ったのだ。

（いや、いたんだ。地球にも。魔法使いが）

霊能者、超能力者、神秘の力を操る者……様々な呼び方があるだろうが、そういった肩書きを持つ人たちは確かにいたし、彼らを信じる人たちも多かった。ただヒカルが、そういう人たちを眉唾《まゆつば》だと思っていただけだ。

（本物だったのか？　どうだろう。今僕が向こうに行けば「魔力探知」で……魔力はある

のか？　いや、大気中の魔力、あるいは精霊がほとんどいないんじゃないのか？　だからセリカさんの魔法は発動しない……）

考え込んでいるヒカルの袖をくいくいとラヴィアが引っ張った。

「ヒカル？　セリカさんが話してる」

「あっ、ごめん。ぼーっとしてた」

画面ではセリカが相変わらずぺらぺらしゃべっているので、動画を戻した。動画が早戻しされるのを見てラヴィアとポーラが「おー」と声を上げる。

スマートフォンを見るのが初めてのふたりだが、驚きよりも興味津々という感じなのは、この世界でも魔術や魔道具が発達しているからだろう。むしろ「これは魔力を一切必要としない」という説明を聞いたときにいちばん驚いていた。

『おかげでこっちは空前の異世界ブームよ。そっちの世界に行きたいって人たちが殺到してきてさー……あたしなんてそっちじゃマジで死にかけたっつうのに。そんなにいいもんじゃないって思うんだけど、夢見がちな人が多いんだよ。そんでさ、前回の「世界を渡る術」でソリューズたちが来たじゃない？　アレで、異世界の存在が証明されたってことで世界中から人が押し寄せてきたの。……あー、そもそもなんでマスコミにバレたかって話をしとかなきゃね。いや、あたしだってさ、元々は会いたい人に会ったらそっちに戻るつもりだったじゃない？　でも、戻れないってわかった。そうなるとだんだん「田之上《たのうえ》さんちの芹華《せりか》ちゃん、行方不明じゃなかったっけ？」みたいになって、家族も隠しきれなくって……で、まあ、あたしが正直に話しましたよ。いろんな人に。でも「こいつの頭は大丈夫か？」ってなるもんで。そりゃ当然っちゃあ当然なんだけど――仕方ないから魔法を使ったのさ』

セリカはこちらの世界では高レベルの腕利き精霊魔法使いだ。ソウルボード上では火・風・土・水の4つの属性すべてが5という熟練度で、これほどの魔法使いは他に見たことがない。

いくら地球では魔法の威力が衰えるのだとしても、4種の精霊魔法を見せたら信用せざるを得ないだろう――結果が、前回「世界を渡る術」を使ったときに現れた大量のメディア陣だったというわけだ。

『いやー、大変な2か月だったのよ。異世界への亀裂を開く能力を、あたしが持ってるんじゃないかって疑う人もいたり、あたしのそばにいれば異世界に行けると考える人もいたりで、とにかく注目されて……あたしの家族はもちろん、亀裂が開いた場所、あー、葉月の家にも人が来ちゃってさ。それで引っ越しよ、引っ越し』

『うちのことはいいよ、セリカ』

『どうしてよ。葉月だってヒカルのこと気にしてたじゃない？　アイツも気にしてるよ』

『とにかく、いいから』

不意に、画面の向こうで起きたやりとりにどきりとした。

撮影している場所にはセリカしかいないのかと思ったら、カメラのこちら側に少なくとももうひとりいるようだ。

自分は日本に帰ることはないとヒカルは思っていたが、会えるのならば会いたい人くらいはいる。

それが葉月だ。今の声を聞いて、セリカの話し相手が葉月だと気がついた。

――生きにくいよ、それじゃ。あなたは賢いかもしれないけれど、危なっかしい。どこかで、いつか、ひょんなことで……ふっ、と死んでしまいそう。

他の先輩や大人の言葉には耳を傾けなかったのに、葉月の言葉だけはすんなりと受け止めることができた。そうして事実、日本では死んでしまったのだから笑えない。

『えーっと、まあ、葉月本人が大丈夫らしいので、あたしは負担に思わなくていいのかな？　あはははは――ごめんごめん！　にらまないでよ』

ソリューズたちが旅立ったときに亀裂の向こうに葉月がいたのを思い出す。ヒカルが覚えている葉月の姿よりも少し大人びていたのは、彼女はヒカルよりもひとつ年上で、すでに1年以上も会っていないからだろう。

長い黒髪はそのままに、知的な面差しも変わらなかったけれど。

『……異世界の存在とその扉の鍵を握る少女。つまりあたしは日本政府にとっても超重要人物になってしまったので、いろいろと行動制限がついちゃったんだ。代わりに、うちの家族も葉月の家族もお金は政府持ちで引っ越すことになったよ。家族の新居は最新タワーマンションなので快適のようです』

屈託なく笑うセリカは、本気で今の状況をエンジョイしているようだった。

『とにかく、こっちの状況はこんな感じだけど、他に聞きたいことがあったら手紙にでも書いてよね。……まだしばらくかかるんでしょ、「世界を渡る術」を完全なものにするのはさ。急がなくていいよ、こっちのことは気にしなくていいから』

セリカの言葉を聞いてヒカルは思い当たる。

もともと1か月で異世界に戻ってくるつもりだったセリカは、すでに日本の滞在期間が2倍になり、今となっては3倍になるのが確実だった。

そうなると家族や葉月に対する未練ができてしまうはずだ。こちらの世界に戻るという決意が揺らぐかもしれない。

（悪いことをしてしまったかな……）

長くいればいるほど、別れは悲しくなる。

「世界を渡る術」の研究を急がなければ——という思いが強くなった。

なんて思っていたら、

『サーラが持ち込んだ金貨や宝石を売ったから遊ぶ金もたんまりあるからね』

今度の笑顔はなかなかに邪《よこしま》な感じである。「はー」と呆《あき》れたようなため息は葉月のものだろう。画面のこちら側のヒカルの「はー」とシンクロした。セリカは、あるお金を全部使って豪遊でもする気か？

『あ。あとそのスマホ、たぶん使えると思うんだけど……って使えなかったらこの動画見られないか。ヤバイ、手紙でも書いとけばよかったか。まあいいや、それは次回で。1か月じゃ、あのお金使い切れないし』

やっぱり豪遊する気だ。

『とにかくさ、このスマホ、あと同じ包みにフル充電のバッテリー入れといたから。それでさ、そっちの景色とか町並みとかの動画や写真をいっぱい撮ってほしいんだ。これは日本政府……っていうか国連？　みたいな大きな組織からの希望で』

今手にしているスマートフォンが「頑丈さ」が売りの製品だということはヒカルも気づいていたが、こちらの世界を撮影してほしいからのようだ。異世界は危険がいっぱいなのである。

『最後に、次にこっちとそっちをつなぐ日なんだけど……日にちをずらしたほうがいいかもしれない。30日ごとに亀裂が開くことはもうバレちゃってるからさ、もう大混乱よ。今回だって世界中のマスコミが殺到して、全世界同時生中継よ。葉月は「絶対映りたくない」っていうからあたしひとりでやることに……まあ、近くにはいてくれるみたいだけど。いなきゃどっちに亀裂が開くかわからないよね、たぶん』

セリカにしては珍しく憂鬱そうに両肩を下げ、左右で結んだツインテールもへんにょりしている。

『そんなわけで日程をずらさないかってこと。できれば30日より数日前ね。前日だとすでに泊まり込みで場所取りするのがいるから――』

泊まり込みって。地球では「異世界ショー」が大人気なのか。

『少なくとも3日前とか？　こっちは、1週間前から、夜10時には必ず葉月といるようにするわ。これ、マジで切実な問題なの。だって次回は野球場かコンサートホールを借り切ろうかって真面目な顔で総理大臣に言われたのよ』

総理大臣まで出てきた。さすがにヒカルは同情したが、一方でうまくごまかせなかったセリカの身から出た錆《さび》という気もする。

（3日前か）

研究する時間が短くなってしまったが、できる限り早く「世界を渡る術」を完璧なものにしようとヒカルは思った。

（こっちが必死なのに、セリカさんが向こうで遊んでいると思うと腹が立つ）

研究するには、これ以上ない動機だった。

『――ヒカルくん』

そのときまた葉月が口を開いた。

もう一度彼女が話すとは思わなかったし、自分の名を呼ぶとも思っていなかった。それだけにヒカルはこの驚きを喜んでいいものかどうか一瞬迷った。

『久しぶり。元気だった？　君はやっぱり死んでしまったね』

喜ぶもなにもない――ただありのままを受け止めるべきだとヒカルは思い直す。自分はもう日本に戻らないと決めたではないか。

葉月の声は以前とまったく変わっておらず、そのことがヒカルを冷静にさせた。

中学生だったころの葉月が、目を細めながら話しかけてきたことをありありと思い出した。

しかし次の言葉には、感情を差し挟むこともできないほどに驚かされた。

『セリカが言うの忘れているみたいだから私が聞くけれど……ヒカルくんのお父様とお母様に、あなたのことを話さなくてもいいの？』

父と母。

まさかそんなことを言われるなんて。

『セリカは、そっちの世界にヒカルくんがいることを私にしか話していないの。もしご両親に伝えたいことがあれば、教えて』

それは、ビデオに収録されていた最後のメッセージだった。

「…………」

「……ヒカル？　最後の声はなんて？」

「あ……いや」

常識的に考えれば当然のことだ。葉月の質問はなんらおかしいものではなかった。セリカだって家族と葉月に会うために日本に戻ったようなものなのだから。

逆に、セリカは、「東方四星」の全員が日本にいるのでヒカルたちのいる世界に戻る必要すらなくなったかもしれない。

（もしかしたら……戻ってこないかも）

きっと彼女たちは彼女たちで話し合いをするのだろう。その時間も含めての「急がなくていいよ」なのかもしれなかった。

ラヴィアとポーラが自分を見ている。ヒカルは、

「たいしたことじゃ……」

なかった、と言いかけて、口を閉じる。セリカにとってソリューズ、サーラ、シュフィの3人がかけがえのない存在であるのと同様に、ヒカルにとってもラヴィアとポーラは唯一無二と言っていい存在だ。

このふたりのためなら命を懸けることも厭《いと》わない。

だから、変に誤魔化したくない。

「……僕の両親に、僕がまだ生きていることを伝えるべきかどうか聞かれたんだ」

「そう……」

すでに母を亡くし、父ですらヒカルに殺された――たとえラヴィア自身が殺したいほどに憎んでいたとしても実行したのはヒカルだ――ラヴィアは「両親」という言葉を聞いて視線を落とした。

「お伝えするべき……と思うのですが、そんなに簡単なことでもないのですね」

ポーラはヒカルの事情を気遣うようにして言った。

「ヒカル様のなさりたいようにするのがいちばんではないかと」

「……僕のしたいように、か」

ならば「伝えるべきことはない」だ。こちらの世界に来て葉月を思い出しても、両親を思い出すことはごく限られたほどしかない。それも、いい思い出ではなかった。

兄弟がいないヒカルの家庭は、ヒカルが成長するにつれて子育てに手がかからなくなると、冷え切った夫婦はその距離まで空けるようになった。ヒカルを間に挟んでいたからこそ父と母の距離は近かったのに、ヒカルが自立して歩き出したおかげでふたりも離れることになり、結果としてヒカルからも離れ、まるで三角形を描くようになっていた。

好きも嫌いもなく、無関心。

自分がいなくなったことすら数日は気づかないのではないか……そんなふうに思ってし

まうほどだ。

「ありがとう。僕のやりたいようにしようかな」

◇

どうしてこうも、僕が出会う国のトップは異常なまでに多忙なのだろう――とヒカルは思う。

夜も更けた時間だというのにチーズにパン、それにスープという質素な夜食を摂りながら大量の資料に目を通し、書類にサインをしているクジャストリア女王の目にはばっちりとくまができている。

「あー……その、元気か？」

「!?」

王族にしか教えられない秘密の通路を伝ってクジャストリアの私室にやってきたヒカルは、10分ほど前から「隠密《おんみつ》」を解除しているのだけれど、クジャストリアはヒカルが来ていることにまったく気づかず、テーブルに広げた書類と格闘しているのだった。

声を掛けられてびくりと肩を震わせた彼女は、

「……なんだ、シルバーフェイスですか」

と言うだけだった。

なんだとはなんだ、という気もするが、ここまで雑に扱われるとそれはそれで気が楽なので複雑な思いがするヒカルである。

「どうしてちょっとうれしそうな顔をしているのですか？」

「いや……」

ヒカルはクジャストリアの向かいのイスに座った。

聖ビオス教導国のルヴァインはヒカルが現れても「こんばんは。いい夜ですね」くらいの気安さで逆に信用できないし（あいつは隙あらば人をこき使おうとしてくる、とヒカルは思っている）、クインブランド皇国のカグライに至っては「また面白い話でも持ってきたのかえ？」と訪問のハードルを上げてくるのだ。

そのふたりに比べれば、

「ここは実家のような安心感がある、って思ってね」

「……王族の通路を勝手に使われたわたくしの安心感はどこに行ったのですか」

「あれを閉じられると正面突破しなくちゃいけなくて面倒だから、この通路は残しておいてほしい」

「正面突破できるのですね……」

それはそうだ。ヒカルの唯一にして最大の武器が「隠密《おんみつ》」なのだから。

天敵は「直感」とトラップだが、最近ではそれらも自分が「直感」を持ち、「魔力探知」を使うことで回避できるようになってきた。

「先日あまり話ができなかったから、今日は少し話そうと思ってね」

ヒカルがここに来るのは3日ぶりだ。3日前は王都に着いてすぐのことで、「世界を渡る術」を実行するためにクジャストリアから魔術式を受け取って——というより寝入りそうになっていた彼女を起こして、なかば奪うように式を手にしてすぐに去った。

「わたくしも驚きましたよ。寝室に侵入者がいると思ったら『魔術式はどこにある？』ですからね」

「悪かったよ。急いでいたからさ」

その翌日がセリカとの約束の日だった。

「それはともかく——王都は変わったな。街は賑《にぎ》わっているし、人々の表情には生気があふれている。直前までいたのが皇国だったからかもしれないが、あちらは『呪蝕ノ秘毒』の災禍《さいか》の爪痕が今も残っていた」

「そうですか……。シルバーフェイスもご苦労さまでした」

クジャストリアにねぎらわれたが、ヒカルは肩をすくめただけだった。正直なところ「苦労」では済まないことの連続だったが、それはクジャストリアが悪いわけではない。むしろ彼女はよくがんばっている——夜遅くまで、国を左右する資料を読み込むというのは受験勉強をするのとはワケが違う。

「一応、聞いておきますが」

「ん？」

「まさかあなたはルヴァイン教皇聖下やカグライ陛下の私室にまでずかずかと入り込んではいないでしょうね？」

「…………」

「…………」

「…………」

「……お願いですから『入っていない』と言ってください」

「ははは」

「あなたという人は、もう……」

おかしいな、女王陛下がますます疲れている。

「別に、女王陛下が気にする必要はないだろう？」

「気にしますよ……シルバーフェイスによる被害者を増やしたくないのです」

「被害者」

「あなたの常識にその言葉が刻まれているかどうかわからないので念のために伝えますが、勝手に人の家に入ってはいけないのですよ？」

「えっ、そうなのか？」

「えっ」

冗談で返したのに、クジャストリアは真に受けている。

「そんな……シルバーフェイス、あなたはいったいどんな生き方をしてきて……」

「い、いや、冗談だから。冗談」

「――ふふっ」

するとクジャストリアが口元をほころばせた――今日初めて見る笑顔だった。

「今回はわたくしの勝ちですね」

どうやら、クジャストリア流の冗談だったらしい。

「……わかった、おれの負けだ」

それで彼女の気持ちが明るくなったのならば、こんな冗談もいいだろうとヒカルは思った。

「本題に入るが、『世界を渡る術』研究の進捗《しんちょく》状況を教えてくれないか」

ヒカルの今日の訪問目的は「世界を渡る術」だ。

するとクジャストリアは難しい顔で腕組みをし、背もたれに身体を預ける。

「……うまく行っていませんね。まず、なぜこちらの世界とあちらの世界が『一方通行』なのか、見当もつきません。実際に術の発動を見たときのことを思い出しているのです

が、術は正常に稼働しているように感じますし、魔術式には『一方通行』に関する内容は
含まれていません」
「向こうの世界に渡った『東方四星』からの伝言だけど——魔法を使うことはできるが数
段威力が弱まっているらしい。これは影響しないか？」
「……そうですね、実はその点についても仮説を立てていました。でも、理論上は『関係
ない』んです。こちらの世界で実証実験を行うにしても、空気中に魔力、その微粒子であ
る魔素のない環境を作ることができないので、わからないのです」
「ふーむ。それはその通りだな……」
「申し訳ありません」
「いやいや、時間がないだろうに、よくもまあそこまで考えていてくれたなって」
忙しくてなにも手を付けられていないのかと思ったが、意外と考えてくれているんだな
とヒカルは感心した。
「実際に手を動かす時間は取れませんが、思考実験は繰り返しているのですよ？」
人差し指をピン、と立ててドヤ顔の女王陛下である。
「それはありがたいが、アンタは少し休んだほうがよさそうだ」
「いえ。『世界を渡る術』の研究はちょうどいいストレス解消みたいなものですから。そ
れに、『呪蝕ノ秘毒』の問題が片付くめどもようやく立ちましたから、ここが踏ん張りど

ころで、ここを越えればいくらでも休めます」

「いくらでも」

「……言い過ぎました。少しは休めます。あなたのおかげです……シルバーフェイス。王国1千万の人民を代表してお礼申し上げます」

イスに座ったまま頭を下げただけだったが、彼女の言葉には確かな重みがあるとヒカルは感じた。

（いつの間にか、この人は……本物の女王陛下になっていたんだな）

王家に生まれ、権謀術数《けんぼうじゅっすう》のまっただ中で育ち、自らを守るために「無力な存在」であることを選んだ彼女。

それはうまくいくように思われたが、結局のところはこの国を憂える者たちによって彼女の聡明さが見いだされ、こうして女王として担ぎ出された。

侍従長が麻薬を利用して国王を弱らせなければ、こんなことにはならなかったかもしれない。

あるいは、ヒカルがポーラの故郷で接触した火龍《かりゅう》が王都にまでやってこなければ、こんなことにはならなかったかもしれない。あのとき、王族として唯一火龍に相対したのはクジャストリアだけで、その彼女の儚《はかな》くも勇敢な姿は多くの人々の目に焼きつけられた。

最初は「1年、短ければ半年」とグルッグシュルト辺境伯に頼まれていたこの女王業・

は、ヒカルが推測していたとおりずるずると続くことになるのだろう。彼女が、王配となる伴侶を見つけ、子を産み、その子が成長するまでは。

ナイトブレイズ公爵家のガレイクラーダと結婚し、彼に王権を譲るという方法もあったのだが、あれはガレイクラーダが「東方四星」のシュフィに惚《ほ》れてしまったせいで無理っぽい。王権と恋愛と、どっちをとるのかというすさまじい選択ではあるのだが、ガレイクラーダは長年病魔に身体を蝕《むしば》まれていたし、父のナイトブレイズ公爵もそんな息子が可愛くて仕方なく、権力を持たせるよりも自由でいさせてやりたいという気持ちが大きいようだ。

そのぶん公爵も、ガレイクラーダも、クジャストリアを全力で補佐しているのだが。

(こうなるのだろうとは思ってた。だけど、こんなに早く、彼女が成長するとは……)

17歳の少女が、一国の重みをそのか細い双肩に負い、さらにはヒカルのような怪しげな相手にもきちんと礼を言える。

クジャストリアには王となる素質がある——それも抜群の王に。

国の危機に現れた、彗星《すいせい》のようにきらめく才能を持った女王だ。

いくら無力なフリをしていても、見る人は見ているし、わかる人にはわかるのである。

「女王陛下、頭を上げてください。おれのような人間には礼ではなく金を与えておけばいいのだから」

「……あなたがそのような輩《やから》ではないことを知っていますから」

「参ったな。買いかぶりだよ」

「そうでしょうか？」

　クジャストリアは立ち上がると、執務机から1通の封書を持ってきた。

　華美な装飾はないながらも上質な植物紙が使われたものだ。

「……それは？」

　なんだかイヤな予感がするな、とソウルボードに振った「直感」3が仕事をする。

「クインブランド皇国皇帝カグライ＝ギィ＝クインブランド陛下からの私信です」

「なんだって？」

「シルバーフェイスは皇国の大恩人であり、いまだ皇国は彼に報いることすら許されていないので、わたくしのところに現れたらどうか皇国に再度来るよう伝えてほしい……といった内容が書かれていますわ」

「…………」

「いったいなにをなさったのかしら……あなたは」

　小首をかしげてたずねてくるクジャストリアは年相応の少女であり、その仕草ひとつも可愛らしい。だけれど質問の裏側に透けて見える「てめぇなにやらかしたんじゃい」というキレ気味の感情。

「……わかった。話すよ」

ヒカルはそれから皇国でのことを伝えた。ヒカルがなにをしたのかではなく、聖ビオス教導国の教皇ルヴァインが皇都を訪れ、皇帝カグライと会談をし、停戦協定を結んだことを。

「なるほど。それはわたくしがつかんだ情報とも同じですね」

カグライからの私信にその内容が書かれていたのだろうか？

あるいは、ひょっとしたら王国のスパイもなかなか優秀で、皇国皇都で情報をキャッチしたのかもしれない。

「ですがわたくしがガレイクラーダ様から聞いたのは、シルバーフェイスが皇国軍に単身乱入して総大将を脅し、ルヴァイン教皇聖下を連れて強行突破したということでした」

「その言い方」

「皇国皇都でもなにかやらかしたのでしょう？　わたくしが聞いている限りでも、皇国経済界に隠然たる力を持つドレッド伯爵が失脚したと。それに外務卿《がいむきょう》も空席になりましたね」

「…………」

もう全部わかってるじゃん、とヒカルは半目になる。

「ふふ。シルバーフェイスにそんな顔をさせることができてわたくしも大満足ですわ」

「それはそれはなによりで……」

「……でも、そこまでひとりで抱えなくてもよかったのですよ」

不意の、クジャストリアの優しい声。

「わたくしを頼ってくださってもよかったのです。聖ビオス教導国とクインブランド皇国との停戦について、協議のテーブルについていただくための根回しくらいはわたくしにもできたはずですわ」

「……それは」

「それともわたくしでは力不足でしたか？」

寂しそうにクジャストリアが笑った。

違う、と言いたかった。

その可能性について、考えもしなかっただけだ。ヒカルは外交のプロでもなく政治経済を学んだわけでもない。あのときは目の前のことに一生懸命で、早くしがらみから解放されたい一心だった。

だけれどクジャストリアにはそうは見えていないらしい。

ヒカルは――シルバーフェイスは傑物で、クジャストリアが介入するよりもひとりで解決するほうが手っ取り早いと考えて動いた、そんなふうに思っている。

（それなら）

違う、とは言わない。

代わりに、

「……ありがとう。今後はそうさせてもらうよ」

と言った。

彼女は慰められたいのではない、認められ、頼られたいのだ。

ヒカルがそんなことを言うとは思っていなかったのだろう、クジャストリアは一瞬呼吸を忘れたようだった。けれどそんな動揺を見せたのはほんのわずかな時間のことで、すぐに花が開いたような笑顔を見せた。

「ええ、ぜひそうしてくださいね」

ヒカルはそれからクジャストリアといくつかの情報交換をした。

ルヴァインから借りた司祭である、リオニーについてもだ。

「世界を渡る術」の研究のために、リオニーは今、クジャストリアのそばで働いている。

「ほんとうに助かっています。書類仕事ができる人も全然足りていませんし、教会のことに詳しいならなおさらありがたいのです」

絶賛である。

「このままずっといてくれませんかねえ……」

「……あの人、司祭なんだが」

「実に惜しい。文官にしたら瞬《またた》く間に出世しますよ。今、内務を取り仕切っているジャックルーン公爵も太鼓判を押しておられました。『リオニーに欠点があるとすれば、教会所属であるという点だけですな』なんて。公爵が人を褒めるのは珍しいんですよ」

クジャストリアはリオニーを文官として扱っているらしい。

どこもかしこも人材不足だ。

ポーンソニアは王が倒れてクジャストリアが即位し、ビオスは先代教皇が死に——ヒカルが「呪蝕ノ秘毒」を盛り、ルヴァインが見殺しにしたから——クインブランドは「呪蝕ノ秘毒」災禍《さいか》の後に皇国を食い物にしようとした貴族を粛正《しゅくせい》した。

それらの国はいずれも、腐敗をなくし、まっとうな道へと戻ろうとしている。

その反動による人材不足ならば歓迎しなければいけないのかもしれない。

ヒカルはそんなふうにも思うのだ。

「……つまりリオニーは魔術研究の役には立っていないと」

「あ、え、えーっとですね、役に立っていますよ！　彼女がいなければ『世界を渡る術』の式をわたくしが書く時間すらもなかったですし！」

それは確かに役に立っているのだろうが、完全に使いっ走りだ。

「まあ……いいさ。すぐに研究が進むとも思っていない。ローランドとアンタが、ここまで『世界を渡る術』の成功へと導けたのはそれまでの積み重ねがあったからだ。リオニーには正直、荷が重いと思っていたところもある。ただ彼女が働くことで女王陛下の負担が軽くなるのならそれでいい」

「ええ、ほんとうに助かっています。なによりの贈り物です」

「……贈り物じゃないからな？　借り物だからな？」

「教会には頭が上がりませんね。あんなにすばらしい方をくださるなんて」

「借り物だからな？　一応言っておくけど、教皇ルヴァインはめちゃくちゃ手強《てごわ》いぞ。このまま借りパクしたりしたらなにを要求してくるか……」

「借りパク、とはなんですか」

「借りたまま返さないことさ」

「……シルバーフェイス、あなたを対聖ビオス教導国専用の外務特使に任命します」

「冗談は止《よ》してくれ。教皇の相手なんて絶対にしたくない。おれはもう関わらないと決めたんだからな」

「……そんなにすごい方ですか」

「アレは、すごいぞ」

「そんなに……」

「すごいぞ」

ヒカルは真面目な顔で重ねた。

どうしよう、本気でリオニーさんが欲しいのに……とぶつぶつ言っているクジャストリアを見て、真剣にこの国は人材不足なのだなとヒカルは痛感する。

そこはなんとかがんばってリオニーを口説き落とし、リオニーを対ビオスの防波堤にしてもらいたいところである。

「クジャストリア女王陛下、もらっておいてなんだけど、精霊魔法石はもう少し大きなものはなかったのか？」

あのサイズでは、ほんのちょっとつなげてみる実験程度にしか使えない。事実、セリカがこちらにスマートフォンと大容量バッテリーを送るのが精一杯で、ヒカルからは手紙ひとつ送れなかった。

「うう……王国の国庫もかつかつなのです。あれでも奮発したのですから」

「そうなのか？　精霊魔法石はいろいろと使うものだろ」

ヒカルはさりげないふうを装ってスマートフォンを取り出し、ビデオモードにしてぐるりと室内を撮影した。「異世界の女王（17歳）の執務室」動画にどれくらい需要があるかはわからなかったが。

「……なにをなさっているのです？」

「ん、いや、気にしないで」

「気になりますよ!?」

ピッ、と音が鳴って録画を切る。

「それで、精霊魔法石だよ」

今度はカメラのポートレートモードにして1枚パシャリ。

「え、ええ……?」

「まあまあ、気にせず」

「はあ」

腑《ふ》に落ちないという顔だったが、クジャストリアは語る。

精霊魔法石は魔道具を利用するにあたって必要なもので、たとえば王都ならば街灯も魔道具なのでこれを稼働するのに毎日精霊魔法石を消費している。

大型のトロッコを動かしたり、魔導船なんてものも巨大な精霊魔法石を利用していた。

精霊魔法石以外にも魔力を含んだ物質はあるのだが、精霊魔法石は比較的仕入れやすく、これまでの魔術研究も精霊魔法石を中心に行われていたので他の物質はほとんど使われていなかった。

その精霊魔法石は、その名の通り「石」なので山で採掘されたり、モンスターがドロップしたりする。

多くの精霊が集まる山は長い時間をかけて魔力が宿り、それらの山は「精霊鉱山」と呼ばれ、国——つまり貴族が管理することがほとんどだ。

「今、精霊魔法石の価格が非常に高騰《こうとう》しているのです。この王国では『火龍《かりゅう》の災厄《さいやく》』、国王崩御と新女王擁立、『呪蝕ノ秘毒』災禍《さいか》と混乱が続いていますし、国境付近ではクインブランド皇国と聖ビオス教導国との争いがありました。精霊鉱山の警備に充《あ》てられていた兵士を動かした結果、採掘もストップしていますし、流通も一部混乱しています。そうなると商人は市場に残った精霊魔法石を買い占めるべく動きます」

「なるほどね……。それでは、あれ以上のサイズの精霊魔法石を手に入れることは難しいってことか？」

「ダンジョンに潜ればあるいは」

「それは……まあ、そうだけど」

ヒカルは少し前に行った南葉島《なんようとう》の「魔錠の迷宮《まじょうのめいきゅう》」を思い出した。

あそこのように、ダンジョンに精霊魔法石が出る場合もあるが、あの遠い南葉島に毎月通うのはさすがに無理があるし、他のダンジョンで「必ず精霊魔法石が出る」というのは聞いたことがない。

「そうだ、確実に手に入る場所もありますよ」

ぽん、とクジャストリアは手を打った——なんだ、あるんじゃないかとヒカルは安心したのだが、

「高騰した物品の行き着く先です」

「ん？」

クジャストリアの表情は苦々しい笑みだった。

「オークションですよ」

◇

クジャストリアはクジャストリアで、精霊魔法石をまた探してくれるようだが、「あまり期待しないでください」——と言われた。

次の「世界を渡る術」実行まで、あと27日。予定より前に実行してくれとセリカに言われていたので、それを考えるとあと24日でそれなりの大きさの精霊魔法石を手に入れなければならない。

「…………」

「——ヒカル、どうしたの？　窓の外を眺めてたそがれて」

「いや……」

ルヴァインとともにクインブランド皇国に向かったときのことを、ふと思い出した。ヒカルはあのとき、「これが終わったら遅い夏休みを取る」と誓った。「失敗フラグじゃない」という意気込みで。

だけれど、結局はセリカたちの問題を片づけなければその休みすら取れないのか——と少しばかり遠い目になったのである。

（そうなるんじゃないかなって気はしてたよ……だけど、まさか精霊魔法石を手に入れられなくてわたわたすることになるなんて思いもしなかったよ……）

ヒカルはすでに、王都冒険者ギルドから南葉島冒険者ギルドに連絡を入れてもらい、精霊魔法石の買い取りを依頼した。王都では精霊魔法石の枯渇《こかつ》が始まっていても、南葉島はまだのはずだ。

とは言っても、買い取りが成立して送られてくるのはどんなに早く見積もっても来月以降だろう。

直近の1回は、なんとかしてヒカルも自分で精霊魔法石を探さなければならない。

（最悪、今回はスキップだな）

そう考えて振り返り、ラヴィアを見る——と、

「おぉ……すごい。似合ってるじゃない」

思わずそんな言葉が口を突いて出た。

ヒカルたちがいるのは王都の宿の一室で、これまで通りグレードの高い部屋だった。

どんな部屋に泊まっていても基本的には冒険者スタイルだったが——今やヒカルは仕立ての良いスーツを着込み、首にはタイまで結んでいる。よそ行きの服装だ。髪も手入れしてすっきりさせている。

「そう？　おかしくない？」

「全然。やっぱりラヴィアはお嬢様なんだなって実感するよ」

ラヴィアは——彼女の瞳と同じ、目の覚めるような薄いブルーのドレスを着ていた。羽根飾りのついたつばの広い帽子は重そうにすら見えるが、ラヴィアに言わせると「思ったほど重くない。びっくりした」ということだ。

彼女はそれに、ダークブラウンの日傘を手にしていた。

「ふふ。たまにこういう格好をしてヒカルとお出かけするのもいいね」

「僕らはそこそこ稼いできたのに、お金を使ってこなかったからね」

これらは「貸し衣装」であり、買ったわけではない。オーダーメイドではないからサイズの合うものが少なくて、ラヴィアの瞳と同じ色のドレスがあったのは幸運だった。

「あ、あのう……これ、やっぱりおかしくありませんか……？」

ポーラもまた着替えて部屋から出てきた。

すみれ色のドレスは大人びていて、ポーラの胸の出るべきところをはっきりと強調している。貸衣装店でメイクもしてもらったために、いきなりポーラが25歳くらいの妙齢の女性に見えてしまった。

「…………」

「…………」

「ちょっ、ふたりとも!?　どうして黙ってしまったんですか!?」

「……いや、修道服って、なんというか、すごい防御力だったんだなって」

「いざというときにギャップを見せてくるポーラは卑怯《ひきょう》」

「ラヴィアちゃん!?」

確かに、とヒカルは思う。これは「卑怯」という以外に言いようがない。

「——そろそろ時間だ。行こう」

ヒカルたち3人は連れ立って宿を出た。王都の目抜き通りに位置するこの宿はトップランクのグレードなので、馬車もすぐに手配してもらえた。

向かった先は、貴族が所有する邸宅のひとつだ。すでに多くの馬車が集まっており、着飾った人々が邸宅に吸い込まれていく。

「——これはこれは、麗《うるわ》しいご令息にご令嬢の方々。こちらにいらっしゃるのは初めてでございますね？」

邸宅の入口にいた黒服の男が、恭《うやうや》しく頭を下げる。

「本日は希少な魔術関連商品のオークションが行われますが……どこか別の邸宅のパーティーとお間違えではありませんか？」

「招待状ならある。確認しろ」

ヒカルはわざと居丈高に言って、懐から封書を取り出した。

他の来客は、いくら若くとも30歳くらいであり、ほとんどが中高年だった。

それほどまでに価格の張る商品が出るオークションであるということ、さらには美術品のオークションとは違って「面白み」がない「真面目な」オークションなのだろう。

実際のところ出品者や出品物の管理は王国が行っているので、子どもが遊び半分で来ていいところではもちろんない。

(服装と髪型で、僕だって年齢以上に見えると思うんだけどな……)

それでも、ポーラはともかく少年少女だけの来客などはいないので、彼らはやはり目立っていた。

ちなみに銀の仮面を着けて勘ぐられと面倒なので、装飾の多いお祭りの仮面のようなものを買ってきて身に着けている。

そのせいもあるのだろう。やれやれ、子どもが背伸びしちゃって、しょうがないな——みたいな顔で黒服は招待状を確認するべく受け取ったが、そこに書かれた署名を見て目を見開いた。

「ク、クジャストリア女王陛下のご署名!?」

あまりに大きな声だったもので周囲の視線が一斉に注がれる。

「真筆?　い、いやしかしこの封蝋《ふうろう》も王家の……」

黒服が焦って、招待状をひっくり返して確認したりしているが、ここで無駄な時間を食う気はヒカルにはない。

「通っても？」

「あ、は、はい……ど、どうぞ」

招待状を奪うように取り返すと邸宅に足を踏み入れた。

入口のホールから係員に付き添われてオークション会場へと連れて行かれる。

食堂のような大きな部屋を使うようで、一定の距離を空けてイスが置かれていた。イスはすべて同じ方向を向いており、その先には競売人《オークショニア》が登壇するであろう50センチほどの高さのステージがあった。

ヒカルたちがイスに腰を下ろそうとしたときだった。

「やれやれ。こんなところに子どもが紛れ込むとは……王都オークションの権威も地に落ちましたな」

聞こえよがしな声が耳に入った。

離れたところに、でっぷり太った商人らしき男が4人座っていた。

「女王陛下の招待状を持っているとか聞きましたぞ」

「なに、本物のはずがないでしょう。本物であったとしたらそれはそれで問題がある。即位したばかりの女王陛下がこのようなオークションにまで口を挟もうというのですからな」

「いやはや、先代国王は偉大でした。流通するものも高品質であったし、私も大いに儲《もう》けさせてもらいました。なんと今は、税関で多くの物品が止まっているようですよ。なんでも不正の疑いとかで……」

「おお、怖い、怖い。そのような言いがかりで商売を止められてしまうのか。女王陛下は疑り深くていらっしゃる」

どうやら先代国王の――侍従長にいいようにコントロールされていた国王の――おかげで甘い汁を吸っていた商人たちのようだ。

（クジャストリア女王は、侍従長やオーストリン王太子派閥の貴族を追放したはずだけどな……）

貴族には特権があり、大きな事業も簡単に進められるために汚職や不正の規模も大きい。一方で商人は貴族にぶら下がって金儲《かねもう》けをしていたために、ぎりぎりのグレーゾーンにいたり、あるいは貴族よりもずっと数が多いために捜査の手も及んでいない、ということだろうか。

いずれにせよ彼らもまた貴族の失脚によってダメージを受けたのだろうが、それでもこうしてオークションに顔を出す程度の余裕はある。

（クジャストリア女王陛下が目指す理想の未来がやってくるまでには、先が長そうだ）

こんな場所で「先代のほうがいい」などと言われてしまうクジャストリアに、ヒカルは同情した。

「お集まりの皆様。定刻となりましたのでオークションを始めたいと思います」

そこへオークショニアが現れた。

燕尾服《えんびふく》を着たまん丸の卵のような体型の中年男で、頭髪は禿《は》げ上がっており、頭も身体も全体的につるつるしていた。ちなみにヒゲだけは豊かだった。

なんだか愛嬌《あいきょう》のある姿にほっこりしてしまうが、オークションを進める手腕は確かなもので、淀《よど》みなく商品を紹介してはオークションを進行させていく。

希少な魔術道具、触媒の出品が続く。

参加者も全部で30人ほどで、商品も実用的なものであるから静かなものだ。入札に参加する場合は手を挙げて金額を告げるだけの簡単なものだった。

（……思っていた以上に安いな）

高いものは10万ギランを超えるが、安いものは3万ギランなんてものもあった。王国通貨の「ギラン」は10ギランで大きなパンを買えるくらい、つまり1ギランは日本円で10円程度の価値だ。

ヒカルは、「大穴」を討伐したときに聖ビオス教導国でちょろまかしてきた聖金貨を王国金貨に両替しており、今手元にはおよそ1千万ギランほどがある。

これなら、精霊魔法石をいくつか確保できそうだ——しっかり経費をセリカに請求しないとな。

「続いては、水の精霊魔法石です。王国東部にあるダンジョン『毒風の通り道』で発見されたもので、もちろん毒など有害物質はすべて除去されております」

おお……と小さな声が上がったのは、これまでの出品では初めてだった。

大きい。バスケットボールの2倍弱はあるだろうか。

丸く、でっぷりとした岩石は、滴り落ちそうな水色の光で満ちていた。

「ではこちら、100万ギランから――」

「150」

「200」

「300」

「350」

どんどん値が上がっていく。ヒカルもあわてて「500」と手を挙げたが、すぐに「550」のコールが掛かった。

あっという間に金額は1千万ギランを超え、ヒカルは入札できなくなる。この金額の高まりに参加者たちもどよめき、最終的には「1千500万ギラン」で落札された――しかも落札したのは、ヒカルたちを笑っていた商人のひとりだった。

「――いやはや、ずいぶんと値が張りましたな」

「――まったくで。しかし今は精霊魔法石が出てきませんからな。大口の顧客にせっつかれておったのですよ」

「――これほどの金額は、やはり大手商会しか出せません。子どもにはとてもとても」

こちらを見て笑っているのが腹立たしい。

（……そう何度も大金を出せないはずだ）

ヒカルは他の精霊魔法石を落札すればいいと気持ちを切り替える。

だが――それ以後も、ことごとく1千万ギランを超えてしまい、結局はひとつも手に入れることができなかった。

「マジか……」

オークションが終わり、がっくりと肩を落とすヒカルを、ラヴィアとポーラが慰める。

「仕方ない。こんなに高騰《こうとう》しているとは誰も思わなかったもの」

「そうですよ！　オークションに出品されないようなサイズを探しましょう」

これほどまでに精霊魔法石が少なくなっているとは思わなかった。

最悪のケースで考えていた「今回はスキップ」という選択肢が現実のものになってくる。

「――今日もいい買い物ができましたな」

「――また儲《もう》けましょう」

「――まったくです」

商人たちがにやにや笑いながら出て行くのを、ヒカルは見ていることしかできない。連中は確かに腹が立つが、かといって彼らがいなくとも1千万ギランは超えていたのでどのみちヒカルは落札できなかった。

（くそ〜〜〜……忍び込んで倉庫を荒らしたっていいんだぞ）

姑息な仕返しを考えてしまうが、もちろんそんな犯罪一直線のことはできない。人命の危機とかだったら考えるが、セリカたちに1か月待ってもらう程度のことだ。

だからこそ、よりいっそう腹が立つのだが。

「君、君」

とそこへ、先ほどのオークショニアがやってきた。一仕事終えた彼は、ハンカチで汗を拭き拭きしていた。

「……なにか？」

他に参加者はほとんど残っておらず、ヒカルたちのところだけにやってきたので警戒する。

「いやね、君はどうも精霊魔法石だけを欲しがっているようだったから」

「……それが？」

「もっと小さいものを扱っているオークションもあるんだ。行ってみるかね？」

ヒカルはポーラとラヴィアと顔を見合わせた。

「――行ってみたいです」

確かに、今回出品された精霊魔法石はかなりの大きさばかりで、半分くらいの大きさならヒカルの予算でも買えたはずだ。

「この時間に別の場所でやっているのだよ。いっしょに行こう」

オークショニアはそう言って、にこりと笑って歩き出す。

「どうして親切にしてくださるのですか」

「オークションへの参加者は年配の方が多くてね。若い人にももっと来てほしいと思っているのだよ。これに懲りずに君たちにもまた来てほしいと思うし」

「そう……なんですか？　若い人に？」

「世の中にはいろんな側面がある。オークションは、それを知るいいきっかけになるだろう。視野が広がれば考え方が変わる。当たり前のものが当たり前でなくなる。――結局のところ、巡り巡って参加者が増えればオークショニアの取り分も増えるから、なんだけどね」

ぱちりとウインクした卵形の顔は、いい年したオッサンだというのに愛くるしささえ感じられた。

この人はいい人だとヒカルは信じた。捨てる神あれば拾う神あり。これでこの人が悪人だったら絶対許さん。

屋敷を出て馬車に乗り、やってきたのは下町の空き地だった。青空の下でオークショニアが声を張り上げて参加者を煽《あお》る。突っ立っている参加者も中小の商会主たちで、独特な指の折り曲げをしながら「5！」「12だ！」「20だよバカヤロー！」なんて声を張り上げていた。

会場は他にも露店が多く出ており、フリーマーケットのように大量の魔術触媒が売られていた。中にはうさんくさい代物も多く、露店主と客とが品物を巡って丁々発止《ちょうちょうはっし》のやりとりをしている。

「ああ、ボス！　こんな場所までよくおいでくださいました！」

下町のオークショニアが、ヒカルたちを案内してきたオークショニアに気づいて声を上げると、商会主たちはざわついた。

「――王都の魔術オークションの、首領《ドン》が来たぞ」

「――初めて見た」

「――今日は掘り出し物でもあるのか？」

「――後ろにいる子どもはなんだ？」

着ている服も豪勢なのでやたら注目されるのがこそばゆいが、ここまで来たら開き直るしかない。

「精霊魔法石の出品は？」

卵のオークショニアがたずねると、

「あ～、もう終わってしまいました。今回は小さいものばかり、いちばん大きくてもこんなものですよ」

と下町のオークショニアが右手で拳を作って見せた。

（いちばん大きくてそれか……精霊魔法石の流通が滞っているのは間違いないんだな）

ヒカルは心の中で、次の「世界を渡る術」は一度スキップせざるを得ないと思うようになっていた。

卵のオークショニアがヒカルを振り返る。

「……ふむ、思っていた以上に状況は悪いようだね。力になれなくて申し訳ない」

「いえ、それがわかっただけでも収穫です。ありがとうございます。これからはこちらにも通うようにします」

「そうしてくれたまえ」

右手を差し出されたので握手をすると、オークショニアはラヴィアとポーラの手を取ってその甲に口づけすると、

「では失礼する」

颯爽《さっそう》と去っていった。

卵にしか見えないのに――汗をかいたせいでゆで卵かもしれないが――やたらカッコイ

イ男だった。

「どうする、ヒカル？」

オークションは再開していたが、精霊魔法石の出品がないのならもはやここにいる意味はないだろう。

「露店をちょっと見てから帰ろう」

「そうね」

3人は連れ立って歩き出した。

人が集中しているオークションとは違って、露店のほうはいくぶん歩きやすい。3人の格好はやはり目立って、露店主から盛んに声を掛けられたが精霊魔法石が置いていない店はすべて無視していく。

「――ヒカル様。あれはなんでしょう？」

そのときポーラがヒカルの袖を引いた。

見れば広々とむしろが広げられ、小山のようにうずたかく石ころが積まれていた。

看板が出ており、「精霊魔法石　どれでも1個1ギラン」なんて書かれている。

客もひとりしかおらず、露店主の老女もぼーっとしていた。

「……これが精霊魔法石？」

ヒカルが「魔力探知」を発動するが、確かにかすかな魔力反応があるものの、ただの石同然のものばかりだ。夜になればかすかに光って見えるかもしれない、という程度で、先ほどのオークションで見た1千万ギランを超えるようなものとは比べものにならない。

「あん？　そうだよ、お坊ちゃん。これは正真正銘精霊魔法石だ」

露店主の老女はヒカルのつぶやきに気がついたのか、機嫌悪そうに言った。

「ほとんど魔力がないようだけど？」

「そりゃあそうだ。発掘されるときに削れちまったものとか、魔道具に使ったあとの残りとか、そういうのを集めてるんだ。いわばクズ石だ」

「………………」

自分で「クズ」とか言うなよと思うヒカルである。

（だけどいくら数があったとしても魔力量が少なければどうしようもないな……）

そう思っていると、

「て、店主、これをくれ！」

ひとりだけいた客が、甲高い声で言いながら木箱に精霊魔法石を詰め込んで持ってきた。

「ふん。時間をかけていいサイズのものを選んだじゃないか。どれどれ……ひぃ、ふぅ、みぃ」

その人物は確かに着ているものこそ平民の服だったけれど、立ち姿や、漂う雰囲気にどことなく洗練されたものをヒカルは感じた。

短く刈り込まれた濃い金髪は活発な印象を与えるのだが、どこか頼りなげな濃いグリーンの瞳が揺れている。

（この少年、どこかで会ったことがあったっけ？　……ローランドの記憶にうっすらなにかが引っかかるんだけど、思い出せないな）

ヒカルがこちらの世界にやってきてからだいぶ時間が経《た》っており、日に日にローランドの記憶は薄れていった。その記憶も、自分が体験したものではなく映画や本で知ったような感覚がして、ますます忘れやすくなっている。

（でも知っているということは貴族なんだよな。貴族なのにこの格好は……）

ふと気になってヒカルはたずねる。

「君は、もしかして貴族家の魔術研究者では？」

「！」

少年はびくりとして、ちらりをヒカルを見ると、

「え、ええ……あなた様も、その格好を見ると……」

「いや。様付けなんてしないでください。おれは平民で、ちょっとした成り上がりですから」

「そ、そうなのです——そうなのか」

「失礼ですがお名前をうかがっても？」

「アイ……アイザック＝フィ＝テイラーという」

今度はヒカルがハッとする番だった。

このアイザックと名乗った人物は、確かに過去に一度、ローランドが会っている。だがそれは貴族としての社交の場ではなく、「魔術研究の発表会」でだった。

「あなたがあのアイザック様でしたか――『霊石における霊力の魔力転換術式研究』の論文は拝見しました」

「えっ⁉　よ、読んでくれたの⁉」

アイザックはぱぁぁっと表情を明るくしたが、

「お客さん。全部で３２２個。３２２ギランだよ！」

「あ、はい」

あわてて老女にお金を払う。

「あっ、と……わざわざ私にお声がけしてくださってありがとう。ただ私はちょっと急がなければならないのでこれで」

「わかりました――」

とヒカルはうなずいたものの、アイザックは木箱を持ち上げようとしてよろめいた。

「アイザック様」

その両腕を受け止めたヒカルは——やたらと細く、柔らかい腕だと思った。

（ローランドが若くして研究者として名声を高めたように、彼も同じなのかもしれない。身長はあるけど、ずっと年齢は若いのか？）

そう考えながら、気がつけば、木箱を運ぶ手伝いを申し出ていた。

「し、しかし……」

「見ればアイザック様は体調も優れないご様子。学術研究のお手伝いができるとなれば光栄です」

「…………」

アイザックは少し迷ったようだったが、

「……す、すみません、ではよろしくお願いします」

と長いまつげを伏せながら言った。

「じゃあ、おれは荷物を運ぶからふたりは先に宿に戻っていてくれないか？　その服装では歩きにくいだろうし」

「ん、わかった」

「かしこまりました」

ヒカルはそうラヴィアとポーラに言って、アイザックとともに歩き出す。

アイザックの困ったような表情は今だけのことで、ヒカルが魔術についてアイザックに問うと、アイザックはうれしそうにそれに答えるのだった。

「…………」

「…………」

目を瞬《またた》かせながらふたりを見ていたのは、ラヴィアとポーラだ。

「……ねえ、ポーラ」

「……はい、ラヴィアちゃん」

「わたしの勘違いだったら教えてほしいのだけれど——アイザック、というのは男性のお名前よね」

「私も同じ認識です」

「あの方って——」

ふたりは声をそろえた。

「女性よね」

「女性です」

顔を見合わせるふたり。

なにか事情があるのかもしれないが、彼女は性別を偽っているのだ。

「ど、どうしよう、ラヴィアちゃん。ヒカル様に言わなきゃ」

「ヒカルはソウルボードで本名を確認できるから問題ない」

「あっ」

「……それに、男の子だと勘違いさせておいたほうがいい」

ラヴィアのつぶやきにポーラが首をかしげると、

「あれは、ちゃんと髪の毛を整えてドレスを着れば化けそうな逸材。しかも魔術が得意とかヒカルの好みの範囲《ストライクゾーン》に入ってくる可能性がある……！」

「そ、それは……！」

「わたしは今、ジルアーテさんよりも強敵が出てきたのではないかという予感に震えている……！」

「ラ、ラヴィアちゃん……！」

ふたりはそんな話で盛り上がっていたが、夜に帰ってきたヒカルが「アイザックは」とか「彼は」と言っているのを聞いて、すっかり少年だと勘違いしているのが判明したのだった。

◇

アイザックの荷物を持ったヒカルは魔術の話をしながら彼の住んでいる邸宅へと向かっ

た――テイラー男爵家の邸宅は王都の中でもだいぶ外れにあったが、それでも一軒家を構えているのはさすがは貴族と言うべきか。

とはいえその邸宅は小さく、窓の半分も、外側の木窓が閉じられているような有様だった。壁は砂埃《すなぼこり》で汚れたままで、いかにも荒廃していた。

「……ごめん、汚れているんだ」

「い、いや……大丈夫です。服装から察していたところもありましたので」

中に入ると、奥から老婆がひとり出てくるだけだった。

「お帰りなさいませアイ――アイザック様」

ヒカルがいるのを確認し、老婆はそう言った。腰の曲がったこの老婆以外には、使用人は誰もいなかった。

アイザックに案内された一室には多くの魔道具と、石ころと、魔術式が散乱していた。

「ちょ、ちょっとだけ散らかっているけどね!?　そこに置いてくれるかな！」

そこ、とはどこだと思ってしまうほどに足の踏み場もない。

「……失礼な質問かとは思いますが、当主様はどちらに……」

「そうか、君は知らないんだね、シルバー」

ヒカルは「白銀の貌《シルバーフェイス》」を名乗ると警戒させてしまうかもしれないと思い、「シルバー」と名乗っていた。シルバーフェイスの悪名もだいぶ高くなってしまったものである。

「お父様は2年も前になくなっているんだ。今の当主は私、アイザック＝フィ＝テイラーなのだけれど、見ての通りお金はない」

「…………」

「ただ、光明《こうみょう》がないわけじゃない。私の最新の研究についてはまだ話していなかったね」

アイザックはヒカルがいまだ抱えている木箱から、精霊魔法石を4種取り出した。それらは火、水、土、風とばらばらの属性で——室内が暗いせいでほんのりと発光しているのがわかる。

「この4種を掛け合わせ、純粋な魔力を生み出すんだ。うまくいけば世界の魔道具事情が大きく変わる」

巨大な精霊魔法石を使わずとも大型の魔道具を動かすことができる——そんな発明だという。

ヒカルにとって、それは天恵のような研究だ。「世界を渡る術」を実行するのに必要な費用が大幅に圧縮できるのである。

「でも……それは『机上の空論』だと証明されていますよね」

ヒカルは知っていた。

過去にこの理論、「四元精霊合一理論」が提唱され、多くの研究者がそれに取りかかった。だが誰も成功せず——最初に理論を提唱した魔術学者は「ペテン師」呼ばわりされて学会から消えた。

四属性を掛け合わせる――誰でも思いつきそうな理論。

だがそれだけで成功できるほど、魔術は――この世界の理《ことわり》は甘くない。

それを知らないアイザックではあるまいとヒカルが思っていると、果たしてアイザックは素直に認めた。

「そのとおり」

「ならば……」

「でも私は一度、成功させたんだ」

「……なんですって？」

「魔術の研究中に偶然、巨大なエネルギーが発生した。そして研究室をひとつ吹き飛ばした――見てみる？」

アイザックがヒカルを案内したのは、食堂の裏にある地下へと続く階段だった。

だが階段は途切れており――そこは瓦礫《がれき》で埋まっていた。

「……赤、青、黄、緑の入り交じったエネルギーはすさまじく、私は瞬時に『四元精霊合一理論』によるエネルギーだと気がついた。そして私が地下の研究室を飛び出した直後に大爆発を起こし、ご覧の通りさ」

「…………」

ヒカルはごくりとツバを呑《の》んだ。

アイザックは理論を実際に体験したのだ。だからこそ信じている。

「そ、そのときの配合は……」

「それは言えないよ、研究のタネだからね——と言いたいところだけど、正直なところ正確な分量はわからないんだ。偶発的な事故だったし、あの日の在庫がどれくらい手元にあり、どれくらいの分量がたまたま実験台の上でぶつかり合ったのかがわからなくて。研究メモも瓦礫の下さ」

「………」

「シルバー、私はこう思うんだ。最初に『四元精霊合一理論』を提唱した人物は、私と同じように偶発的に事故を起こしてしまったのではないかと。あの美しい4色の光は今もまぶたの裏にくっきりと思い出すことができる……そのせいで、私はこの研究をあきらめることができないんだ」

うっとりとするアイザックは夢見る科学者のようであり、あるいはまがい物の美術品に幻惑された愚者のようでもあった。

（地下室の爆発は現実にあったこと。だけれど、それがほんとうに「四元精霊合一理論」によるものかどうかは……）

ヒカルの「魔力探知」をもってしても確認できないほどに当時の痕跡はなくなってお

り、かすかに、いくつかの魔力反応が地下からあるだけだった。そのときに埋もれた触媒が残っているのだろう。

判断がつかない、と思ったそのときだった。

「――おい、出てこい！　エセ貴族!!」

邸宅の扉が叩《たた》かれて、ガン、ガン、とすさまじい音が鳴った。

「…………！」

青い顔をしたアイザックを見て、ヒカルはなにかトラブルだと感じる。

(扉の外に5人)

「魔力探知」で確認したヒカルは、

「――おれが行ってきます。あなたはここに」

「い、いえっ、これは当家のことで」

「まあ、客人が行ったほうが頭に血が上った先方も落ち着くかもしれません」

廊下に木箱を下ろしたヒカルが玄関へと向かうと、部屋の扉の陰に隠れて老婆が震えていた。ヒカルと目が合うとハッとしたが、彼女についてきてもらう必要もない。

「――いるのはわかってんだよ、エセ貴族！　さっさと出てこねえと……」

「出てこないと、なんだ？」

扉を開くとそこには、今にもケリをくれんばかりの勢いで足を振り上げた男がいた。

「おわっ⁉」

「アニキ！」

ドアが開くとは思わなかったのだろう、バランスを崩して後ろに転げそうになるのを連れの男に支えられている。

（わかりやすいくらいのゴロツキだな）

若く、身体ばかり大きく育った連中。自分を大きく見せるために着崩した派手な服。その割に安っぽいメッキの装飾品しか着けていないのは金がないからだ。

「なんだお前たちは？」

「な、なんだとはなんだ。こちとらテイラー家に金を貸してるんだぞ！　お前こそ何者だ！」

なるほど、借金取りか――確かに邸宅のこの様子では借金をしていてもおかしくはない。

（でも……妙だな）

アイザックは魔術研究こそ行っているものの、贅沢《ぜいたく》をしているふうではない。その研究すら1個1ギランなんていうクズ石を使っている。

仮にも貴族であれば筋のいい金貸しから金を借りられるはずだし、筋のいい金貸しがこんなゴロツキを送り込んでくるわけがない。

（後で確認しよう）

今やるべきことは、

「おれはシルバー。テイラー家の支援者だ」

アイザックを守ること。アイザックに研究を続けさせること。

さっきの研究が実を結ぶかどうかはわからないが、ヒカルはすでにアイザックを支援しようと思っていた。

精霊魔法石の流通が滞っている今、打てる手は打つべきだという冷静な判断がある一方で、「四元精霊合一理論」が正しかったことをその目で見たと言ったアイザックの夢見るような顔を――うらやましくも思った。研究に夢中になったアイザックは、ヒカルの身体の元の持ち主であるローランドに重なるところがあったのだ。

「あぁ？　それじゃあお前が金を払うってのかよ！」

「まずは借金の内容について検討する。証文を持ってこい。こちらは王都法務官を呼び、契約内容が適正かどうか確認する」

「んなまどろっこしいことできるか!!　こっちは我慢の限界なんだよ!!　――おい、コイツをたたきのめして、中にある金目のものをぶんどるぞ！」

オオッ、と叫ぶとまずは目の前の男が――転びそうになっていた男がヒカルの胸ぐらをつかもうとする。

だがその手は空を切る。どころか、ヒカルの姿がかき消えて見失う。

「あッ!?　どこ行きやがっ――」

「――弱い者イジメは好きじゃないんだけどな」

横に跳んだ一瞬に「隠密《おんみつ》」を発動させ、男の真後ろに回り込んで「隠密」を解除。ささやきながらヒカルは男の背中に肘打ちをめり込ませた。こうしないと「暗殺」まで発動して殺しかねないのだ。

激痛に目を見開いた男が前のめりに転ぶと、ヒカルの再出現に目を瞬《またた》いていた男たちが次々に襲いかかってくる。ひとりはナイフを、ひとりは棍棒《こんぼう》を手にしていた。

（遅すぎる）

クインブランド皇国の訓練されたスパイであるクツワや、「大穴」のモンスター、合成獣《キメラ》――これまでの戦いを振り返ると、街のゴロツキ程度ではまったく相手にならない。

ヒカルは「隠密」すら使わないことにし、ひらりひらりと身体をかわして足を引っかけて転ばせ、その後頭部にケリを放った。ナイフを持っていた男の手首を蹴り上げれば、刃物は太陽光を映じながら回転して地面に突き刺さる。

戦闘方面のソウルボードはあまり強化してこなかったというのに、戦いの経験がヒカルを強くしていた。

「えっ、え、えっ」

リーダーらしい、最初に転びそうになった男だけを残し、ヒカルは1分もかからずにゴロツキを制圧した。

「――おい」

仮面の奥からヒカルがにらみつけると、ゴロツキはぶるりと震えた。

「目障りだから全員連れ出せ。いいな」

「は、はいぃぃぃっ⁉」

男どもを往来に放り出すと、ヒカルは屋敷の扉を閉じた。

部屋の扉の陰で震えながら見ていた老婆が、ハッとして中に引っ込んだ。怖がらせたかな――とヒカルは思うのだが、よくよく考えたら邸宅の主である貴族とともにやってきたお祭り仮面の男が、ゴロツキ相手に大立ち回りを演じているのだから怖いに決まっている。

「さて、と……」

借金の理由について確認してみるか。

第36章　懐かしき衛星都市ポーンド

異様な客にはきっと裏があるのよ——と、カフェ「ルルワンのティータイム」の看板娘であるルイニは思った。母親譲りの亜麻色《あまいろ》の髪はくせっ毛だが、40を越えてなお美しい母が大好きなルイニはこの髪を気に入っている。後ろでひとつにまとめ、前髪は厚めに横に流していた。

目はぱっちりしており、先日も、出入りの若い業者さんに「恋人になってください」と告白されるほどには可愛らしい。

断ったが。

なぜならルイニは自分の容姿の良さを自覚しており、もっといい「物件」が声を掛けてくるに違いないと思っているのだ。

王都の目抜き通りから1本裏手にあるこの道は、多くのカフェが並ぶ通称「カフェストリート」だ。お年寄りの方々からは「茶ァ通り」なんて呼ばれているが。

「ルルワンのティータイム」はこの通りでも末端にあり、あまり客は来ない。それでも常連客がいるのでなんとかやっていけているという経営状況だ。

そんな店に現れた、銀の仮面を着けた3人に、お祭りで使う仮面を着けたひとり。店の外からは見えないカウンターの奥のテーブルを占領した彼らは、さっさと飲み物を注文すると、ひそひそ話を始めた。

どう見てもルイニと同い年か、もうちょっと若いくらい。

異様な客である。

きっとなにか裏があるのである。

ルイニは近くのテーブルを拭くフリをして耳をそばだてる——残念ながら朝いちばんのこの時間帯、彼ら以外には客がいない。まったく使われていないテーブルはぴかぴかだが、ルイニはせっせと布巾で磨き上げる。

「——借金の総額は……」

「——名義はどうなっているんだ……」

「——貴族家の法律は……」

なんだか物騒なワードが聞こえてきて、後ろにまとめたルイニの髪の毛がぽよんぽよんと揺れる。

（なに？　なに？　お貴族様の邸宅で働いてる子たちなの？　お貴族様のスキャンダル？　そういうのって平民が手を出したら痛い目に遭っちゃうヤツじゃない!?　キャーッ！　ドキドキしてきた……）

常連のお客さんたちはありがたいが、裏を返すと「変わり映えのしない毎日」を送っているルイニは刺激に餓えていた。

（で？　で？　実際にはなにが起きちゃってるのよ～～～！）

と思っていると、ぴたりと話はやんでいた。

「…………」

「…………」

「…………」

「…………」

じーっと自分を見つめる、仮面越しの4対の瞳。あ、やば――――と思っていた彼女の襟首をむんずとつかむ、ゴツイ手。

「お客さん、すみませんね。コイツは向こうに持っていきますからどうぞごゆっくり」

「ちょっ、お父さん!?　ぎゃーっ！　あたしは猫じゃないのよーっ！」

猫でも持つように襟首だけで娘を持ち上げ、店主である父は連れていった。

「……なんだったんだ、アレ」

黒髪の少年が、つぶやいた。

「カフェストリート」に行ってみたいから、そこで打ち合わせをしようと言ったのはラヴィアだった。

ヒカルはアイザックと会うのに今後もお祭りの仮面をつけるのは面倒なので、ふだんどおりのシルバーフェイススタイルで行くことにし、ラヴィアとポーラもまた仮面の姿となった。

昼からこのスタイルで街中を歩くのは恥ずかしいが「隠密《おんみつ》」を使えば問題ない。

店の前で待ち合わせたアイザックがヒカルたちを見てぎょっとしたので、せっかくだからとアイザックにも先日使ったお祭りの仮面を渡した。

「異様なお客様ご一行」のできあがりである。

店の娘がやたらにこちらを気にしていたが——それも仕方のないことだろうけれど——店主に連れられて去っていったのでヒカルたちは話を再開した。

「……ええと、それでシルバーは、私を支援してくれるのか？　ほんとうに？『四元精霊合一理論』が完成するかどうかはわからないよ」

「ああ、構わない。だが支援者となる以上は対等の立場でいるが、構わないな？」

「それくらい、全然気にしない」

アイザックと出会った昨日とは打って変わって、態度も言葉遣いもくだけたヒカルだったが、アイザックは気にする様子もなかった。

「それで……君たちの格好は」

昨日のお金持ち然とした格好から、今日は動きやすいシルバーフェイススタイルだ。さすがに怪訝《けげん》な顔をしているアイザックだったがそれでも、

「おれが何者なのかより、アイザックの支援内容のほうが重要だろう？」

「それは……うん。君たちが非合法の組織でなければ構わないけれど」

「絶対にあり得ないと約束しよう」

ヒカルは言い切った。実は「隠密」であちこちに忍び込むし、それどころか女王陛下の私室にまで入り込むほどなのだが、アイザックが聞きたいのはそういうことではなく、悪いことをして金儲《かねもう》けをしているんじゃないかということだろうと勝手に判断した。

アイザックは少し迷ったようだったが、

「……わかった。信用する」

「いいのか？　自分で言うのもなんだが、素顔も出さない人間だぞ」

「『四元精霊合一理論』を理解した上で支援してくれるようなもの好きは、悪人じゃないと思うから」

その理屈は、ヒカルにとっても妙にしっくりきた。

「……それに、我がテイラー男爵家の名は落ちるところまで落ちているからね。今さら私を騙《だま》す人間もいないと思うんだ」

「今日聞きたかったのはそこだ。なにがあったんだ？」

ヒカルにたずねられ、アイザックは話し出す。

「そうだね……そこは、話しておかなきゃね。まず、母は私を生んですぐに、そして父は2年前に急な病で亡くなったんだ。そして私がテイラー男爵家を継ぐことになったのだけれど……もともと裕福ではない、領地を持たない官位だけの男爵家だった。ただ私の年齢では官職に就くこともできないから、待ちなさいと義母に言われて」

「義母？　お父上には後妻がいたのか」

「そうなんだ。元々浪費癖があったんだけれど、父が死んでからはそれがひどくなってね……気がつけばどこかで借金をしていたようで、それが発覚すると、貴重品を持って姿を消してしまった」

「それで、アイザックは今いくつなんだ？　何歳から官職に就くことができる？」

「16歳だよ。今年から仕官できるのだけれど——俸給では借金の利子すら返すことができないんだ。だから研究でどうにかしようと……」

「…………」

確かに魔術研究ですばらしい発見があれば、それだけで莫大な利益が生まれる。

だが、いくら過去に一度「四元精霊合一理論」の実験が成功したとしても、研究で一発逆転を狙うなんてのはただの博打《ばくち》だ。

魔術を研究する人間がそんな不確かな博打をするだろうか——なんだか釈然としない

が、ヒカルにとっては「四元精霊合一理論」を完成させてくれることのほうが重要なので、つっこまないことにした。

「借金はいくらになる？」

「……わからない」

「は？」

「わからないんだ。借用書の写しは義母が持ち去ってしまって……原本は取り立て屋たちが持っているんだろうけど、見せてくれない」

「むちゃくちゃだな」

「うん……そのせいで、完全に手詰まりなんだ。だから大金を用意して、返済するから借用書の原本を持ってくるように言うしかないかなって……」

消え入りそうな声で言うと、アイザックは痩せ細った手で紅茶のカップをつかみ、口に運んだ。かなりの猫舌のようで、ヒカルならごくごく飲めるような温度になっている紅茶を恐る恐る口に含んでいる。

（……健康状態も悪そうだ。それもそうだよな、お金がないんだから……）

自分の力ではどうしようもない運命に翻弄されているアイザックに、同情的になっている自分にヒカルは気づいていた。

だが嫌な気分ではない。「身から出た錆《さび》」の貧乏よりは、ずっといい。

「アイザック。金を借りた商会はなんという？」

「『バラスト商会』と名乗っていた」

「『バラスト商会』……聞いたことがないな」

ちらりとヒカルはラヴィアとポーラを見るが、ふたりとも首を横に振った。

「それはそうだよ、シルバー。なにせ彼らの本拠地は王都じゃないから」

「……そんなところから金を借りたのか？」

「義母の信用は王都だとがた落ちだったからね……。『バラスト商会』は王都から近い衛星都市に本拠地があるんだ」

衛星都市、という言葉にヒカルの心がかすかに揺れる。

「ポーンドという名前の街らしいけど……シルバーは知らないかな？」

それはヒカルが、世界を超えて呼び出された、最初の街だった。


ヒカルはアイザックに「とにかく今は研究に集中してほしい」と告げ、ラヴィアとポーラにアイザックが必要なものを買ってやるように頼んだ。

（少年の護衛となると抵抗あるかな……）

と思ったのだが、意外にもラヴィアもポーラも「ん、わかった」「わかりました！」とあっさり承諾した。

「アイザック。頭を使う研究には糖分をとったほうがいい。この店はパウンドケーキが売りみたいだから食べていくといい」

とヒカルが店員に頼むと、先ほどの後ろ髪をぽよんぽよんさせていた女店員がパウンドケーキと、「これは店主からのサービスですぅ……」と言いながらしょんぼりした顔で、ケーキにかけるらしいハチミツを運んできた。まったく気にしていなかったヒカルだがせっかくなのでいただいておく。

ナッツの香ばしさがよく効いたパウンドケーキにたっぷりとハチミツを掛けると、アイザックの瞳がキラキラした。そして一口食べると、「ん～～～～」と震えるように喜んだ。

それを見たヒカルは満足し、立ち上がった。

「――それじゃ、おれは行ってくる。いない間、せいぜいアイザックを太らせてやってくれ」

「!?」

ケーキを喉《のど》に詰まらせたアイザックが目を白黒させ、紅茶で飲み込もうとしている。

「言葉のアヤだよ。ちゃんと食べさせてやってくれって意味だ」

「ん、了解」

にやりとしてラヴィアがうなずいた。

「あ、あのっ、君は、シルバーはどこに行くの!?」

「借金を返すのに、借用書を見られないんじゃ話にならないからな。いったいいくらなのか、適正な利息なのか、ポーンドまで行って見せてもらってくる」

「でも、私が言っても全然見せてくれなかったけど……」

「そこは心配要らない。誰にも迷惑をかけずに――なんなら気づかれずに、見せてもらうさ」

ヒカルはにやりとする。

「おれ向きの仕事だ」

◇

衛星都市ポーンドは、王都から馬車でも半日という近い距離にある。

人口は6千人と王都に比べればはるかに少ないが、それは王都が例外中の例外であるだけで、一般的な街としては中規模と言える。

「なんだかやけに懐かしいな……」

冒険者としての最初の一歩を踏み出した街。ヒカルはこの世界について多くのことをポーンドで学んだ。

アイザックから聞いた「バラスト商会」について調査するために、ヒカルは冒険者ギルドへと足を運んだ。

衛星都市とはいえ、ポーンドのギルドは多くの冒険者でごった返していた。くたびれたブーツを泥まみれにしているいかにも「腕利き」っぽい中年の冒険者たち、昼間から酒を飲んで騒いでいる荒くれ者たち、自分たちも吟遊詩人《ぎんゆうしじん》に歌われるような英雄になれると信じている希望いっぱいの新入りたち。

一時は国王交代のごたごたで冒険者は王都のギルドへと流れたらしいが、今はまた人の流れが戻ってきたのだろう。もしかしたら「呪蝕ノ秘毒」で王都が荒れたせいかもしれなかったが。

「ねえねえ、仕事終わったら飯でも行こうぜ？　俺が今回の依頼でどれくらい稼いだか知ってるだろ～」

「そんなら俺のほうが稼いでるってえの。な？　今日こそ俺の誘いに乗ってくれって！」

「ほら、困ってるじゃねえか。いかついツラ並べてよお。ここは高貴な俺が……」

「てめえのどこが高貴なんだよ！」

「あ？　やんのか？」

ギルドの受付カウンターの前は相変わらずの人だかりで、ヒマなら依頼を受けて仕事をすればいいのにとヒカルは思うが、彼らはギルドの受付嬢に盛んにアピールしている。

（ああ……そうだった、そうだった。僕が初めてここに来たときもこんなだったなー。ていうかこいつらは学習しないのか、ヒマなのか……）

ヒカルがこの世界で生きていくための術、金の稼ぎ方を知ったのはこの冒険者ギルドでだった。

受付嬢の顔ぶれは変わらない。

おっとりとしているがなにを考えているかわからない——どうせ良からぬことだろうとヒカルは思うが、冒険者たちの目には「癒やし系ナンバーワン」らしいグロリア。紫色の長い髪を左右でまとめてストンとおろしている。彼女がほう、と頬に手を当ててため息をつくと冒険者たちはポーッとなるのだが、腕組みをすると彼女の豊かな胸が寄せられるので今度はウオオッとなっている。冒険者が単純過ぎる。

陰のある美人のオーロラは淡々と仕事をこなしているが、彼女のファンは異常なまでに「オーロラちゃん一筋」であり、また年齢層も高めだった。

そして——ヒカルと最も接点があった受付嬢フレアは、「いえ、忙しいので食事には行けません」「お時間があるようでしたら受け手のいない依頼を紹介しましょうか？」「依頼完了の手続きは別の者が行いますので」と取り付く島もない対応だった。

（変わらないな……変わるほうが、おかしいのか）

ヒカルはあの「呪蝕ノ秘毒」騒ぎの少し前から、ポーンドを離れている。最後に会ったのは「南葉島」でゲルハルトが手に入れた巨大な精霊魔法石をポーンドの冒険者ギルドに送ってきたときだ。シルバーフェイスがヒカルであることを知る、数少ない人間であるジルアーテが手配したのだろうが、送り主は中央連合アインビストの盟主ゲルハルトである。フレアもびっくりしていたっけ。

ヒカルはその精霊魔法石を使って「世界を渡る術」を実行したいという気持ちが先走り、フレアへの説明もそこそこにポーンドを旅立ってしまった。

（これはいろいろ聞かれそうだけど……かといってグロリアさんやオーロラさんに話を聞きに行ったら怒られそうだなぁ）

苦笑しながらヒカルは「隠密《おんみつ》」を使ってギルド内を進んでいった。

「でさー、こないだすごくいいお店見つけてさ」

「フレアちゃんって彼氏いないんでしょ？　とりあえず1回！　1回だけご飯行こうよ！」

「俺、こないだランクがDに上がってさあ！」

既視感しかない言葉が耳に入ってくる。

ヒカルは冒険者の間をすり抜けて、最前列で「隠密」スキルをオフにした。

「すみません。少々情報の提供をしていただきたいのですが」

「んなっ」

「なんだこのガキ、どっから出てきた！」

驚く冒険者と同様にフレアもまた口を開いて——言葉を失って、少ししてから動き出した。

「ヒカルさん⁉」

もう少しで仕事が終わるから待っていてほしい、絶対に待っていてください、待っていなかったら本気で怒るし絶対に許しませんからね——という脅迫めいた言葉まで付け加えられ、ヒカルだけでなく周囲の冒険者までビビッたほどのフレアの迫力。

ヒカルは以前も来たことのあるオープンカフェでフレアと待ち合わせをした。

「ヒカルさん！　お待たせしましたぁ」

やってきたフレアは、暖かそうなカーディガンにロングスカートというスタイルだった。案外身軽な冒険者スタイルだと季節感があまりないのだが、周囲はすっかり秋が深まっていることに今さらながらヒカルは思い当たった。

「いえ全然待ってませんよ。走らなくてもよかったのに……」

「出がけにグロリアさんに捕まってしまってぇ、危なかったので……走りましたぁ！」

受付嬢仲間に捕まるのがなにが「危ない」のかヒカルにはわからなかったが、なにを考えているかわからないが明らかに腹黒なあのグロリアのことを思うと、「危ない」というのがなんとなくわかってしまうヒカルである。

昼下がりのこの時間は店も混み合っていたが、隅のテーブルをなんとか確保した。ヒカルはコーヒーを頼み、フレアは霊芝茶《れいしちゃ》というお茶を頼んだ。

「それ、以前も頼んでいましたね」

「そうなんですよぉ。ヒカルさんと飲んでから好きになってしまってぇ」

「今日は甘いものはいいんですか？」

「うっ……」

なぜかフレアの動きが固まった。

「……きょ、今日は気分ではないのでぇ……」

「そうですか？　ごちそうしようと思ったんですが」

「むむぅ！　ヒカルさんは意地悪ですね！」

「え、えぇ……？」

「もうすっかり晩秋なんですよ……」

いきなりヒカルから視線を外し、通りを眺めてたそがれるフレアである。

（あ、そういうことか）

「食欲の秋」、という言葉が脳裏をよぎってすべてを理解したヒカルである。この世界でも秋は収穫の秋であり、美味しい食べ物をついつい食べ過ぎてしまう季節なのだ。

「――僕、しばらく街を離れて王都に行っていたんですよ」

わざわざ「フレアさんは痩せていますよ」とか地雷を踏みにいく必要はまったくないので、ヒカルはさっさと話題に入ることにした。フレアもフレアでヒカルを心配していたようで、ヒカルがとっさに考えた「王都冒険物語」を話すと「ふんふん」と聞き入っている。

「呪蝕ノ秘毒」で荒れた王都にて、ポーラとともに治療活動に当たっていたことにしたのだ。

「ヒ、ヒカルさん……立派ですっ……！」

するると思いのほかこの話が心に刺さったらしく、話の途中から目を潤ませ、最後はハンカチで目元を拭いながらフレアは声を震わせた。

「たったひとりでも困っている人のためにできることをやるっ……！　冒険者の鑑《かがみ》ですっ……！　うちのギルドで講演してほしいくらいですっ……！」

絶対イヤだし、そもそも「ひとり」ではないと言っているのに。

（これ、ほんとのことをフレアさんが知ったらどうなっちゃうんだろ）

実のところヒカルは王国どころか、クインブランドの皇都まで救ったのだが。

（ま、情報を公開したところでめんどくさい人しか寄ってこないから言わないけどね）

ルヴァインとかカグライとか、この世界の権力持ちは面倒なヤツしかいないのかとヒカルは思う。「心ゆくまで研究だけしていたいのに！」なんて言ってベッドにぶっ倒れているクジャストリア女王を見習ってほしい。

「それでヒカルさんはぁ、どうしてポーンドに？」

「ええと、カウンターでも言いましたけど、情報が必要になりまして。フレアさんは『バラスト商会』という名前に聞き覚えはありませんか？」

「！」

ヒカルが言うと、フレアの表情が明らかに変わった。

テーブルに肘をついて前のめりになり、声を潜める。

「……その名前をどちらで？」

「やっぱり、なにかあるんですか」

「いえ、ポーンドというより……そうか、ヒカルさんは王都に行ってたから……」

小さくつぶやいたと思うと、

「……ヒカルさん。これから話す内容は内密にお願いします。そしてさらに詳しい話が必要でしたら、ギルドに戻ってください。ギルドマスターにも——ウンケンさんにも話を聞いたほうがいいと思います」

聖ビオス教導国にいたウンケンはいつの間にかポーンドに戻っていたようだ。

「わかりました。それで……」

「まずはお茶からですよぉ」

のんびりした口調に戻ったフレアは、運ばれてきたお茶を口に含んだ。

「私からは一般的な知識としてお話ししますね。きっと――なにか依頼絡みなのでしょう？」

「……はい」

ギルドの依頼ではまったくないが、とりあえず話を合わせておく。

「いくら同じギルドとはいえ、ポーンドのギルド職員の私であってもぉ、王都ギルドの依頼については聞けないんですぅ。ヒカルさんから話してくれるなら別なんですが……」

「すみません、内容はちょっと」

「ですよねぇ。ヒカルさん、やっぱりふつうじゃないですねぇ。ふつうの冒険者さんだったらギルドの受付嬢にならいいだろうって感じでなんでも話しちゃいますよぉ」

一般的な冒険者の、情報セキュリティレベルが低すぎる。

「『バラスト商会』は古くからポーンドを拠点にしている商会で、建築や土木工事、冒険者の斡旋《あっせん》みたいなこともやっていますぅ」

「冒険者の斡旋？」

「モンスター討伐などを請け負って、ギルドよりも高値で冒険者たちに発注するんですね。これのメリットは、冒険者じゃない人ともいっしょに組んで仕事ができますぅ。冒険者ギルドは冒険者にしか仕事を出しませんから」

「なるほど……」

「冒険者ギルドはこれでも緩いルールで運用されているんですがぁ、それでも、外れてしまう人が出てしまうんです。そういう人たちを『バラスト商会』は雇っていますぅ」

「…………」

おかしなことになったぞ、とヒカルは思う。

アイザックの家に押しかけたゴロツキどもは、確かに冒険者にはふさわしくないかもしれないが、フレアの話し方は「バラスト商会」に対して好意的なのだ。

それに、

「事業はそれだけですか？　たとえば貨幣を扱うような両替業、貸金業……」

「……はい、貸金業を始めました。先代が引退した後に」

「先代？」

「ポーンドの街とともに生き、街の人たちからも慕われていた先代の後を継いだのは、ふたり兄弟のうちの次男であるエドワード氏でしたぁ。その方は先代のやり方をやめてしまって……」

理解した。

偉大な先代に比べてボンクラの跡取りだったということか。あるいは偉大な先代も、よき父にはなれなかったのかもしれない。

「ズバリ、ヒカルさんは王都で、エドワード氏の兄であるサーマル氏に会ったんでしょう？　そしてなにか依頼を受けて、ポーンドへとやってきた……どうですかぁ!?」

「全然違います」

「ふえぇ」

恨めしそうにフレアが見てくるが、ほんとうに違うのだから仕方がない。大体、兄がサーマルで弟がエドワードだという名前だって初めて知ったのだ。

だけれどヒカルは、フレアが「となると先代の……さすがにそれはないですねぇ。では王都は……」なんてぶつぶつ推理しようとしては見当外れのことを言うのが面白くて、しばらく見守っていることにした。


ヒカルとしては「バラスト商会」の場所がわかれば他の情報は必要ないので、冒険者ギルドには戻らなかった。今、ウンケンと会ってもどんな顔をすればいいのかわからないというのもある——聖ビオス教導国で会ったのはシルバーフェイスのほうではあるのだが。

以前も宿泊したビジネスホテルっぽい宿に行くと、相変わらず、制服を着たネコミミのフロントがいる。

「お久しぶりですねー。今回は何泊されますー？」

「とりあえず3泊で」

「はーい」

ここだけ時が止まったかのように、変わらないやりとりだった。

荷物を置いたヒカルは宿を出る。すると、

「……来たか、師匠」

「師匠じゃないんですけど」

宿の近くにあるホットドッグの屋台も、変わらずそこにあった。筋骨隆々の店主もまた同じだ。

以前と違うのはひっきりなしに客がやってきては、ホットドッグを買っていくことだ。

「ひとつください」

「もうできてる」

僕が頼むの前提で作ってたのか？　と思ってしまうが黙って受け取ると、それを口に運んだ。

「……また美味しくなってる」

同じパン、同じソーセージなのだが、ケチャップとマスタードの味わいがすばらしい。ちゃんとソーセージの肉汁に合うように改良されている。

「師匠のアドバイス通り、トッピングでチーズ、刻みタマネギ、激辛ソース、グリーンソースも用意した」

激辛ソースはラヴィアのリクエストであってヒカルの好みではないのだが、

「……いってみるか？　まだ、誰にも出していない10倍激辛――」

「要らないです。全然要らないですから」

「そうか……」

なんでちょっと残念そうなんだよ。

ヒカルがホットドッグを平らげるころには、太陽は沈みかかっており、夕闇がポーンドの街を覆っていた。

魔道具を使った街灯もこの世界には存在しているが、設置されているのはメインストリートがせいぜいで、街のほとんどは夜になれば闇に沈む。

「……さて、行くか」

宿の一室で、ヒカルはいつものフード付きマントを羽織った。

銀色の仮面を身に着ければ、シルバーフェイスの登場だ。

「『バラスト商会』へ」

◇

夕方までアイザックの邸宅に滞在していたラヴィアとポーラだったが、ゴロツキによる襲撃はなかった。

ただ「襲撃」はなかったのだが、彼らが来なかったわけではなかったようだ。

「ポーラ、ここも」

「うえぇ……こんなことのために使う魔法じゃないんですけど……」

謎の汚物をぶちまけられ、邸宅の壁が大変なことになっていたのだ。こそこそと「嫌がらせ」はしていったのである。

それも、何箇所も。仮面を着けたポーラはそこに出向いて「回復魔法」を使う。

「『天にまします我らが神よ、その御名において奇跡を起こしたまえ。ここにありしは不浄の大地、真に貴き御身の祝福によりて穢《けが》れを祓《はら》いたまえ』――」

ポーラが差し伸べた手から放たれたのは聖なる波動。

「『浄化祈祷《ピュリフィケーション》』」

波動が汚物に当たるや、キラキラと白い粉塵に変わっていく。

大昔から伝わるこの魔法は、高位の聖職者しか使えないほど難易度が高く、神事を行う場所を浄《きよ》めるために使われてきた。その効果は定かではなかったが実際にポーラは「浄化祈祷」を使って、聖ビオス教導国の「大穴」奥深くにあった邪気の塊《かたまり》を浄化するのに成功している。

穢《けが》れの浄化に使えるのなら、汚物をキレイにするのにも使えるのではないか。

ラヴィアはそう考えた。そして実際に使えた。

こんなことに使う魔法でないことは明らかではあったけれど。

「!?」

現に、通りがかった王都西方地区教会所属の高齢の聖職者が目を剥《む》いてその光景を見ていた。彼は教会に戻ってからこう言ったという。

「あれは目の錯覚だったのじゃろうか。ワシがかつて師と仰いだ、王都中央教会の大司祭様が神事の前に見せた一瞬の奇跡……場を浄《きよ》めるあの魔法に酷似しておった。まさかあんな少女が使えるわけもあるまいて……」

そんなことも知らず(気にもせず)、レア魔法を使わせまくってキレイになった外壁を見て、「よし」とラヴィアはうなずいた。

「でもラヴィアちゃん。嫌がらせに失敗したら次はエスカレートするんじゃないかな」

「意外」

「え?　なにが?」

「ポーラがそんな、人のどろどろしたところを知っているなんて……」

「ええ!?　私のことをどういうふうに思ってたの!?」

「『彷徨《さすらい》の聖女』様」

「それは恥ずかしいからやめて……」

ポーラの二つ名「彷徨の聖女」はこの王都やクインブランドの皇都で、無償で治療をしまくった結果、生まれた。仰々《ぎょうぎょう》しい「聖女」なんて呼び名はどうしても恥ずかしいポーラである。

「それは冗談として――」

「冗談……」

「――いや、半分本気。ポーラは人のどろどろなんて知らない、恋愛ピュアな少女」

「ラヴィアちゃん!?」

「冗談」

「どっち!?　もうわからないよ!?」

「いえ、でも、ヨダレを垂らしてヒカルに襲いかかっていたポーラを思えばピュアとはほど遠い……」

「その話は忘れてー！」

「冗談」

「もー！」

ヒカルがポーンドに行っていることもあり、ラヴィアはふとそんなことを思い出してポーラをからかってしまった。

涙目のポーラの頭をよしよしとなでてやりながら、

「でも、ポーラの言うことも一理あると思う。この嫌がらせが効かないとなったら新しいことをやってきそう……」

ふむ、とあごに手を当てたラヴィアは、

「こうしよう」

ぽん、と手を打った。

「冒険者ギルドを使って邸宅を警備させる」

「!?」

冒険者が冒険者を雇うってどういうこと、という顔をポーラはしていたが、特に規約違反ではない。市民が冒険者に警備を依頼するのなんてよくあることだ。

「わたしの読書の時間が奪われるくらいなら、冒険者を雇う」

「あ、基準はそこなんだ」

「予算ならたっぷりあるもの」

「ラヴィアちゃんが悪い顔してる……」

ほんとうならゴロツキの後をつけてアジトを破壊するのが手っ取り早いのだが、ヒカルからは「しばらく泳がせておいて」と言われている。アイザックの家が借金をしているのは事実なので、それを「踏み倒す」のは最終手段だ。逆に言うと、最終手段として「踏み倒す」ことも考えてはいる。

ラヴィアとポーラが邸宅内に戻ると、ちょうど老女が夕食を作ったところのようで、ふたりも食卓に呼ばれた。

「ほんにもう、ありがとうございます、お嬢様。こんなに食材を買えたもんですから、腕によりを掛けて作りました」

ヒカルに言われたこともあり、ラヴィアはまとまったお金を渡して、「食材を買ってきて自由に調理して」と老女に言ったのだ。

老女はラヴィアのことを「お嬢様」と呼んだ。名前を告げていないのでまさか「仮面様」と呼ぶわけにもいかず、無難なところに落ち着いたのだろう。

その老女本人が言うだけあって、食卓はなかなか豪華だった。ローストされた鹿肉にかけられたフルーツソースも手作りで、色とりどりの野菜を入れたスープは香辛料たっぷりだ。焼きたてのパンがほかほかと湯気を上げているのを見れば否応なしに空腹を覚える。

「あっ、お嬢様。いただいたお金はまだまだ余っておりますからご心配なく」

老女はにっこりと笑ったが、ラヴィアとしては、

（この予算、1日ぶんとして使ってくれてもよかったんだけどな……）

と思ってしまった。

冒険の最中ならいざ知らず、町にいればレストランでの食事や、買ってきたものをその

まま食べることが多いラヴィアからすると、老女のやりくり上手ぶりは目を瞠《みは》るものがあった。

「うわあ、すごい！」

やってきたアイザックも食卓を見て目を輝かせたが、

「あっ……す、すみません、はしゃいでしまって」

お金を出してもらったことが後ろめたいのかラヴィアとポーラに頭を下げる。

「気にしない。シルバーがやりたいと言ったことだから」

遠慮している老女にも食事を分け与え、彼女は近くで息子夫婦とともに住んでいるというのでそこまで送ってから、3人は食事にありついた。

アイザックは無言で食べていた。この時間までずっと魔術研究に没頭していたせいで、まくったシャツの袖には魔術触媒の切れ端がくっついているし、手はインクで汚れている。

（こうして見ると、確かに男っぽいところがある）

ラヴィアは観察しながら思う。

（でも——身体の特徴はやっぱり女の子）

柔らかそうな頬も、まったく声変わりしそうもない高い声も、すべらかで長い指も。

ふう……と息を吐いたラヴィアに、アイザックはきょとんとする。

「どうしたの？　もうお腹《なか》いっぱいかな」

小さく首を横に振ったラヴィアは、

「はっきりさせておく必要がある」

ここで話しておくべきだと考えた。

「どうしてあなたは、男のフリをしているの？」

会話しながらのにぎやかな食卓ではなかったけれど、老女の作ってくれた料理が美味しくてみんな夢中で食べていた。

それが——ラヴィアの質問で、ぴたりと止まり、沈黙が訪れる。

「……ど、どういう意味かな」

「シルバーは気づいていないけど、わたしたちはすぐにわかった。どうせそんな偽装は、長くは続けられない。見る人が見ればすぐにわかるし、あと1年とかして胸が大きくなればどうしようもない」

「…………」

アイザックは——アイザックを名乗る少女は、手にしていたパンを皿に戻した。

「……君たちはそれを知ってどうするつもり？」

「どうもしない」

「なら、どうして聞くの？」

「さっき言った。『はっきりさせる』必要がある」

「え？　私が男か女かというのを？　それになんの意味が？」

「意味はある」

首をかしげる少女に、ラヴィアは宣言するように言った。

「シルバーのいちばんはわたしだから」

「!!　そ、それって……君が彼の恋人ってこと？　そ、そうなんだ……別にはっきりしなくてもいいじゃない。私は別に……」

戸惑うように少女はラヴィアから視線を逸《そ》らした。

「シルバーのことなんて気にならない？」

「…………」

「ほら」

「ほ、ほらじゃないよ！　そんなふうに言われたから、なんか考えちゃっただけで……」

「別に、あなたの気持ちをどうこうしようとは思っていない。ただ、男のフリをしているのならそれを貫いてほしいってだけ」

「……わかってる。そんなこと、言われなくても」

ふてくされたように、ぶっきらぼうに彼女は言った。だがそんな態度など気にもせずラヴィアはさらに質問を重ねる。

「男のフリをしているのは、女だと仕官できないから？」

「それもある」

「ど、どういうことなの？」

よくわかっていないポーラがラヴィアにたずねる。

「貴族の子女であるという理由だけで仕官できるようになるのは男子だけだから。女子は能力が認められれば仕官できるけど、年齢がもっと高くないといけない」

「……詳しいね、君は」

「貴族のことには、ちょっと知識があるだけ」

借金返済のために、魔術研究者らしからぬ「四元精霊合一理論」を成功させるなんていう「博打《ばくち》」を選んだのは、彼女が「女」であるため仕官できないことが理由なのだ。

「実はもうひとつ理由があるんだけれど……その前に、ここまでバレてしまっているのなら先に言っておくね」

少女は吹っ切れたように言った。

「私はアイビー。アイビー＝フィ＝テイラー。アイザックの双子の妹……アイザックはお父様と同じ病気に罹《かか》って死んでしまったの。表向きはアイビーが死んだことにしてあるけれどね」

「……そう」

自分の死を偽装することは決して愉快なことではないだろう。ラヴィアもそれに近いことをした――自分の出自を隠すことにし、伯爵家の名字《みょうじ》を捨てた。もちろん捨てたことに後悔はなかったが。

「結構疲れるんだ。いくら双子の兄さんであっても、男のフリをして生活をするって……だからこうして話せてホッとしてる」

アイビーは乾いた声で笑った。アイザックと「入れ替わり」生活をしているのを知っているのは他に、老女だけだという。

「この国の法律ではね、病気や事故で当主交代が行われる場合に直系男子がいないと爵位の世襲が認められないんだ」

「？　？　？」

ポーラが顔に「？」をくっつけてきょろきょろしているので、

「突然父親が死んで、そこに息子がいなければお家が取り潰しになるってこと」

ラヴィアは簡潔に説明した。

「な、なるほど……でも、そういうことって結構あるような気がするけど……」

「うん。近い筋の親族がいるとか、成人した娘が結婚していて婿《むこ》がいれば問題ないし、あるいは寄親といって結びつきの強い高位貴族がいれば一時的に面倒を見てもらえる。ただテイラー家にはそれがなかったってことでしょ」

「……すごいね君は。ほんとうにちゃんと知識があるんだね」

「そんなことより、身分を偽って貴族家を継ぐなんて重罪よ」

「わかってる。だから……この研究が成功するまででいいんだ」

アイビーは、袖にくっついていた触媒をつまむとテーブルの端に置いた。

「……成功すれば、大きなお金が入ってくる。そうしたらテイラー家を捨ててどこかでやり直せばいい」

「…………」

自分が夢中になれる「魔術研究」の話をしているというのに、夢を叶《かな》える話をしているというのに、アイビーの言葉は空虚だった。

その理由はすでにラヴィアもわかっている。

両親を亡くし、双子の兄も亡くし、使用人もたったひとりをのぞいておらず、その老女もこの先ずっとアイビーの世話をしてくれるわけでもない。

もうとっくに、アイビーは独りなのだ。

16歳という年齢でアイビーは人生をほとんどあきらめている。「四元精霊合一理論」という――ヒカルに言わせれば「実現不可能」というあの理論――「夢」だけしか見ていない。そうしていれば他のことを考えずに済むからだ。その先になにがあるのかも、自分がどうしたいのかもわからないまま。

だからアイビーは借金取りに攻撃されようと、父の後妻が借金を残して逃げようと、彼らを恨んだり彼らに怒ったりしない。淡々としている。

（……同じだ）

ラヴィアは知っている。運命を受け入れ、あきらめてしまった人の目を。

（わたしと同じだ）

かつてのラヴィア＝ディ＝モルグスタットがそうだった。

「事情は理解した。あなたは、あなたができることをすればいい」

「……ありがとう。研究に熱中できることが私にとっていちばんの幸せだから……」

アイビーはそう言って食事を再開する。

「…………」

もの言いたげにポーラがラヴィアを見てきた。

わかっているから、とラヴィアは言いたかった。ポーラの言いたいことはわかっている。

ポーラは、アイビーをなんとかして助けたいのだ。

「……ポーラ、明日すぐに冒険者ギルドに行こう」

ラヴィアはそう囁《ささや》いた。

「わたしには、読書以外のやるべきことができたみたい」

◇

またここに戻ってくることになるとは——と思わずにはいられなかった。

あの日、ヒカルがこちらの世界にやってきた夜、外は雨だった。ローランドの——自らの身体を刺した刃物を、今度は自らの武器として手にして、闇夜を走った。

その先にあったのが——モルグスタット伯爵邸だ。王都に足繁く通っていたモルグスタット伯爵のお屋敷。さすがは権力持ちの伯爵で、どっしりとした迫力のある大邸宅だった。

今、ヒカルの前にはそのモルグスタット伯爵邸がある。ただあの夜と違って今夜は晴れている。屋敷の周りはひっそりとしていて野犬一匹通らない。

「……こんな屋敷を買うなよ、エドワード＝バラストさんよ」

伯爵家当主が殺され、殺害犯だと目されていた伯爵令嬢は失踪した。その後の王位交代などのどさくさで令嬢の捜索は打ち切られ、伯爵家そのものも没落し、持ち主のいなくなったこの屋敷は競売にかけられた。

買ったのが「バラスト商会」だ。

ラヴィアを解放してからというもの、ヒカルもラヴィアもポーンドで活動していたけれど、この屋敷に来ることはなかった。わざと近寄らないようにしていた。ふたりにとってモルグスタット伯爵のことは気持ちのいい思い出ではなかったから。

「ま、あまり気にせずいきますか……」

まったく気乗りしない口調で、わざわざ口に出してまで言ったヒカルは、裏門から敷地内に易々と侵入した。鍵は掛かっておらず、見張りの男が居眠りをしていたので「隠密《おんみつ》」を使う必要すらなかった——とはいえ、念には念を入れて「隠密」は発動しっぱなしなのだが。

建物の裏口に人はおらず、ヒカルは勝手知ったる邸内を進んでいく。

(酒臭い)

食堂の近くを通りかかると、酒のニオイが漂ってきた。数人がいびきをかいている。

(元は貴族の邸宅だとしても、こうなってしまうと残念極まりないなあ)

呆《あき》れながら薄暗い階段を上がっていく。

床はあまり掃除されておらず汚れており、階段の手すりにもホコリが積もっていた。

ヒカルの「魔力探知」で、エドワード＝バラストらしき人物の居場所がわかっている。

2階にいるようだ。

(あの部屋は……モルグスタット伯爵がいた部屋じゃないか)

この邸宅でいちばんゴージャスな造りの部屋にいるのだから、エドワードに違いない。

(つくづくいろんなことを思い出させてくれる)

初めてソウルボードを使い、初めて「隠密《おんみつ》」を使い、初めて人を殺した。

ラヴィアに出会ったという事実がなかったら、自分はすぐにもポーンドを離れて二度と戻ってくることはなかっただろう。

ヒカルがエドワードらしき人物のいる部屋に——元モルグスタット伯爵の部屋にやってきたとき、

「クソッタレ！」

バンッ、と扉が開いて中から男が出てきた。

いきなり目の前で開いたのでヒカルは思わず凍りついた——危なかった。昔を思い出していたせいでぼんやりしていたのだ。「隠密」を使っているから男は気づかなかったが、これがなければ鉢合わせしていたことだろう。

ヒカルは廊下の隅に寄って男を観察する。

商人にしてはだいぶ豪奢《ごうしゃ》な服を着て、貴族だと言われても通りそうだ。

赤茶けたクセのある髪をオールバックにしていて、整髪料がてらてらしている。がっしりとしたアゴだがヒゲはキレイに剃られているので、涼しげな目元といい、「新進気鋭の青年実業家」という感じだ。

だが荒くれ者をまとめられるような腕っ節の強さはあまり感じられない。

「どいつもこいつも問題ばかり起こして……」

男はぶつぶつ言いながら隣室へと入っていった。乱暴に開かれたその扉はちゃんと閉まらず、その隙間から中の様子をうかがうと、男はベッドに寝転んだまま動かない——寝てしまったようだ。

ふう、と息を吐いたヒカルは、モルグスタット伯の執務室だった部屋へと移動した。音もなく開かれた扉は音もなく閉じられる。

そこにいたのは魔導ランプに照らされたモルグスタット伯爵で——。

（……そんなわけない）

一瞬、確かに、そこにいたかに思われた伯爵の姿はもうなかった。ヒカルは自分で思っている以上に、この邸宅への再訪にストレスを感じているのかもしれない。

明かりもなく、外から射し込む月の光だけが室内を冷たく照らしていた。ヒカルは魔導ランプを灯《とも》した——どうせこの部屋の主人は隣で寝ているのだし、外から明かりが点《つ》いているのを見られても問題ない。

壁の本棚はそのままだったが書物はほとんどなくなっており、執務机やソファといった調度品はだいぶ貧相なものに——ヒカルの記憶が確かならだが——なっている。

テーブルに置かれた紙の束に目をやると、そこには殴り書きのような、ミミズののたくったような文字が羅列されていた。

「……暴行事件。依頼失敗。依頼すっぽかし。暴行事件。依頼主を殴る。依頼の報酬が消える……なんだこれ」

どうやら部下からの報告書のようだが、成功の記録はほとんどなかった。赤いインクで「部下の横領か?」とか「こいつは死んだ」とか物騒な注意書きが入っている。先端が赤い羽根ペンが転がっているのでこの部屋で記入されたのだろう。

どうやら人材派遣業的な仕事はうまくいっていないらしい。

「フレアの話によると先代はだいぶうまくやっていたみたいだけどね……。となると、今の『バラスト商会』の主要な金稼ぎは……貸金業か」

机に置かれたままの分厚い紙の束を手に取ると、表書きには「貸金・借金証文」という文字。ぺらりとめくってみると確かにそれは金を貸したという証文だった。貸主の署名が「『バラスト商会』エドワード＝バラスト」となっている。先ほどの男はやはりエドワードのようだ。

今からでも隣室に忍び込んでソウルボードを見れば男の名前を確認できるが、そこまでやる必要性すらヒカルは感じなかった。

ザルの警備、ずさんな書類管理……これまで忍び込んできたクインブランドの皇宮や、聖ビオス教導国の「塔」を思えばここなど毎日の散歩コースくらいの気軽さだ。このまま書類を散らかして帰っても、エドワードは気づかないのではないか。

「……いや、まあ、皇宮とか『塔』が異常なだけでこっちが普通なのか……？」

首をかしげながらヒカルは「貸金・借金証文」の束をめくっていく。

「！　これだ」

テイラー男爵家の証文を見つけた。借主は男爵夫人のヴィルマ＝フィ＝テイラー。テイラー男爵の後妻である。

ざっと文面に目を通す。

「……利息は適正だ」

王国法で決まっている利息の上限ぎりぎりではあったが適正だった。

「ん、変だな？」

利息はおかしくない。しかしおかしな点があり——それは借金額だった。

テイラー男爵家は落ちぶれたとはいえ、それは当主が死んだ後のこと。いくら後妻の男爵夫人ヴィルマが貴重品を持ち逃げしたとしても調度品の類は残ったはずだ。

それらを売却すれば十分に返済できそうな金額だった。実際、テイラー男爵家にめぼしい調度品は残っていない。

「返済を催促せずに利息が膨らむのを待った……のか？　いや、それにしたってそんなに膨れ上がらないぞ。総額を言わないことでだまし取っているとか？」

だったら「バラスト商会」を叩《たた》きつぶすことも気兼ねなくできる——と思ったとき、ふと1枚めくってみて気がついた。

「……追加の借金!?」

次の証文もヴィルマのものだった。次も。次も。次も。

「…………」

唖然《あぜん》とした。

最後の1枚の証文を見ると、日付が2か月前のものだった。つい最近ではないか。ヴィルマは王都を逃げ出した後にも「テイラー男爵家」の名前を使って借金を続けているのだ。

その総額は、今のテイラー男爵家の邸宅と土地を売ったらなんとか足りるかというところで、利息分は支払えない。もちろん、ヒカルの手持ちのお金でもどうにかなるレベルではなかった。

「……僕、結構稼いだと思っていたけど、まだまだだな」

貴族はその名の通り特権階級なのだということを思い知らされた。男爵家ですらこれほどの金を引き出せるのならその上の爵位なら？　事業や領地を持っている貴族はどれくらい稼いでいるのか？

「もっとルヴァインからふんだくってくればよかったよ……」

聖ビオス教導国の今後を考えると根こそぎ国庫から奪うなんてことはできなかったし、

そもそも金貨というものはかさばるので持ち運びできない。だからヒカルとしては、自分なりに考えた適正金額を報酬としていただいてきたのだが——この借入証文を見ると「自分は慎み深いにもほどがあったな」と思ってしまった。

とはいえ、事情はわかった。

テイラー男爵家の借金は、すさまじいが、適法だ。

ただ、今もなお後妻が借金を重ねているせいで膨れ上がっている。

「バラスト商会」のエドワード＝バラストは違法に手を染めてはいない。

それがゆえにヒカルの採れる手段は限られてくる。

「どうする……？」

◇

王都の夜は繁華街だけが明るいのだといっても、例外はある。

王城だ。ここは魔導ランプの明かりによって夜中照らされている。これは王の権威を象徴しているものであり、一方では賊を寄せ付けないという目的もあった。

夜遅くまで会議をしていた女王クジャストリアが自室に戻ってベッドに座り、「はぁ〜〜〜〜……」と長い息を吐いたときだった。

「？」

彼女はふと顔を上げ、そこになにかの気配を感じ取った。

「むっ。シルバーフェイスが来たのですね。わたくしにはわかりましたよ。どうです、この勘の冴《さ》え！」

「…………」

しかしそこにいたのはシルバーフェイスとは違う人物だった——フード付きのマントに銀の仮面という点は同じだったが。

「……お久しぶりでございます、女王陛下」

「スターフェイス……ですか？」

美しい所作で跪《ひざまず》いたのは、星の模様が彫られた銀の仮面を着けたラヴィアだった。

「……シルバーフェイスがあなたにその通路を教えたのですか？」

「はい」

ラヴィアはすでにヒカルから「王族にだけ伝わる秘密の通路」を教わっていた。

質問したクジャストリアが一瞬、苛立《いらだ》つような、不愉快そうな感情を浮かべたのをラヴィアは見逃さなかった。

クジャストリアは穏やかそうに見えて冷静で、筋金入りの演技派だ。それは彼女が物心ついたときから無力な存在として周囲を欺《あざむ》き続けてきたことからも明らかだった。

そんなクジャストリアがラヴィアに感情を見せてしまった。

シルバーフェイスと女王だけの秘密。

ふたりだけの秘密のはずなのに、シルバーフェイスによって彼の仲間に伝えられたのだから女王が不愉快になるのも仕方ないだろう。しかし、その不愉快さくらいは隠せるのがクジャストリアのはずだ。

（……この御方もやっぱり、ヒカルに惹《ひ》かれている）

個人的に惹かれている相手に裏切られたと感じたからこそ見せた表情なのではないかとラヴィアは推測したのだった。

（まったくもう！　ヒカルは、まったくもう）

ラヴィアだってため息をつきたくなる。

「隠密《おんみつ》」を使わせれば天下一で、頭脳は冴え、私利私欲に囚《とら》われることなく、行動や動機は清廉だ。

（誰だって好きになる。もっとヒカルには抑えてもらわないと）

ポーンドの冒険者ギルドの受付嬢に、アインビストのジルアーテに、アイビー＝フィ＝テイラーに、この国の頂点であるクジャストリア。

自覚するにせよしないにせよ、彼女たちがヒカルに惹かれているのはラヴィアにだってわかる。他にもいるかもしれないがラヴィアが知っているだけでそれだけいる。

（問題を解決するたびにライバルが現れたら、わたしだって大変すぎる）

そうは思うものの、

（……でも、ヒカルががんばるなら応援したくなる……）

誰かを救おうとするヒカルを止められない。むしろラヴィアはサポートする。それはヒカルが相手が男だろうが女だろうが分け隔てなく行動を起こすからであり、ラヴィアもまたそんなヒカルが好きだからだ。

（問題はヒカルが、自分に向けられる好意に対して無頓着すぎるということ）

今度、ちゃんと教育したほうがいいかもしれない——密かに決意するラヴィアである。

さすがのラヴィアも、一国の女王がライバルとなっては手に負えない。クジャストリアは自分からシルバーフェイスを奪いにいくような真似はしないと思うが——物事に「絶対」はないのである。

「なんの用ですか」

女王としての威厳を取り戻したクジャストリアは、背筋を伸ばして立ち、跪《ひざまず》くラヴィアを見下ろす。

「——シルバーフェイスとともに、王都のテイラー男爵家の警備に当たっています」

「テイラー……男爵家？」

意外な言葉だったのだろう、きょとんとしたクジャストリアは、

「ああ、そういえば魔術研究者がいる男爵家でしたね。確かアイザック……でしたか」

数百はいるだろう男爵家の嫡男の名前を知っていることにラヴィアは驚くが、ひょっとしたらクジャストリアは「魔術研究者」として知っていただけかもしれない。

「アイザックは死にました」

ラヴィアは、回りくどい言い方をしなかった。

「なんですって？」

「死にました。当主である男爵本人とともに。そして現在は、アイザックの双子の妹であるアイビーが、男装して男爵家を継いでいます」

「……偽っているということですか。直系男子がいなくなったために？」

さすがクジャストリアは、王国法に詳しいようで話が早い。

「そのとおりです、陛下。法律に従えばテイラー家はお取り潰しであり、アイザック……いえ、アイビーは路頭に迷うことになります」

「なぜそのような報告をわたくしにするのですか。あなたは、テイラー家を警備しているのだと今自分で言ったではありませんか」

「アイビーは魔術研究者として優れていると、シルバーフェイスは考えています」

「！」

「彼女は、アイザックの名を借りて論文を投稿していました。陛下もアイザックの名をご存じであるなら、その論文をご覧になったことがあるのでは？」

「……あります」

クジャストリアは唸《うな》るように言った。

「女性の研究者はほとんどいませんからね……兄の名前を使ったのは、そういうことなのでしょう？」

「そのとおりです、陛下」

論文を発表するにあたって、年齢が若いだけでも相手にされにくいというのに、さらには女ならば誰にも注目されなかっただろう。

それほどこの世界では、男女に差がある。

街を一歩出れば危険があふれていて、モンスターや盗賊との戦いでどうしても肉体的に優れた男が活躍しやすい。その価値観はなかなか覆《くつがえ》らないのだ。

クジャストリアもこの問題を突きつけられ、眉根を寄せた。厳しい表情なのは、問題を問題と認識しつつ、人々の価値観に根ざす問題であるから解決が難しいことを知っているからだ。他ならぬクジャストリア自身が女であるということもある。

「わたくしにテイラー家の話をした理由はなんですか？　アイビーは才能があるから見逃せと言いたいのですか」

「いえ、法律を修正していただきたいのです」

「……貴族の世襲に関する法律ですか。不慮の事故で当主を失い、直系男子がいない場合に直系女子にそれを継がせると」

「はい」

「難しいですね」

即答だった。

「いえ、正確に言えば『今は難しい』ですね。平時であれば時間をかけて審議をし、修正することはできるでしょうけれど、今は……あなたもよくわかっているでしょう？『呪蝕ノ秘毒』によって王都はいまだ混乱しています。貴族も、官僚も、この王国を立て直すために奔走しており、わたくしが王位に就いてからというもの、この国は『安定』という言葉を知りません」

悩ましげに息を吐いた。それはポーンソニア王国の現状を憂えているようであり、一方でアイビーに対して同情しているようにも感じられた。

「陛下、失礼ながらこの法律修正は先を急いでも問題はないと存じます。いえ、むしろ今こそが好機です」

「……そなたになにがわかるというのですか？」

「わかります。これは、わたしが貴族でなくともわかることです」

挑発的な物言いであってもクジャストリアは眉ひとつ動かさなかった。やはりそこは

「演技派」女王である。

「女王陛下ご自身が、不慮の事態で先王陛下を亡くされ、王位に就かれたではありませんか」

「――あ」

「王位の継承と貴族位の継承はまったく重みが違いますが、それでも、ご本人である女王陛下が『貴族位の継承も王位継承と同じく、直系女子にも認めるようにせよ』と、即位して間もない今、発信なさることは筋が通っています」

「…………」

クジャストリアは黙った――いい傾向だとラヴィアは思った。

「黙る」ということは「検討の余地がある」という意味だから。

しばらくして――クジャストリアは言った。

「……わたくしがそなたを無視して、テイラー男爵家を取り潰すために行動したらどうするつもりでしたか？」

「そのようなことを陛下はなさいません」

「なぜそう言い切れるのですか」

「アイビーは『四元精霊合一理論』の実験に成功した経験があるからです」

「――なっ!!」

クジャストリアは驚愕《きょうがく》に身体を強張《こわば》らせた。

（思った通り……あの理論は、それほどまでにインパクトのある内容なんだ。わたしやポーラにはピンとこなかったけど、魔術研究をする人にとっては）

ラヴィアが最初からクジャストリアにすべてを正直に話したのは、この切り札があったからだ。もちろんこのインパクトがなくても、実際にはクジャストリアは強権を発動しないだろうとは思っていたけれど——そんなことをしたらヒカルに嫌われることを、クジャストリアは知っているから。

（ふぅ……最後の保険もヒカル頼みになっちゃうか）

ラヴィアとしてはそこがもやもやしてしまうところではあるが。

「で、ですが……研究者として優れているからと言って特別扱いは……」

「どのみちテイラー家は、先は長くありません。借金で首が回らなくなっているので」

「借金」

いきなり出てきた俗っぽい事実に、クジャストリアは虚《きょ》を衝《つ》かれたような顔をする。

「そうなればアイビーは、研究活動もできなくなるでしょう——本人も承知しています」

「……た、たかが借金のために、『あらゆる魔術研究者の夢』と言われ、実現しないことからも『やはり夢』とまで言われたあの偉大な業績『四元精霊合一理論』がまた闇に葬られるというのですか!?　許せませんわ！　そんなの！　わたくしだって何度も夢に見ましたよ！　あの理論が実現したら、あんな魔道具も、こんな魔道具も、実現すると――」

「あのー、女王陛下？」

なんか興奮し始めたぞ。

「あり得ませんわ！　つぶさせませんわ！」

「あ、はい。そのために王国法の修正を――」

「すぐにしましょう！」

「………………」

ラヴィアは驚いた。

ヒカルから何度か「女王陛下は魔術研究だけして暮らしたいんだよ」なんて聞いていたが、これほどだとは思わなかったのだ。筋金入りの魔術バカなのだ。

「こちらは行動を起こします。あなたも、テイラー男爵……アイビー＝フィ＝テイラーの警護をお願いします」

「……わかりました。では、わたしはこれで――」

「お待ちなさい」

下がろうとしたところを引き留められる。

「あなたは……なぜアイビー＝フィ＝テイラーに手を貸すのですか」

「……どういう意味でしょうか」

「…………」

クジャストリアは目を細めてラヴィアを見ていたが、小さく首を横に振った。

「……いえ、気にしないでください。帰り道、気をつけて」

そう言った後には、もうスターフェイスの姿は見えなくなっていた。

暗い王族の秘密通路を、ラヴィアはひとり歩いていく。

(――『なぜアイビー＝フィ＝テイラーに手を貸すのですか』、か……)

クジャストリアは確信がなかったのだろう、だから最後まで話をせずに途中で切り上げてしまった。

(あれはきっと、『どうして恋のライバルになりそうな女の支援をするのか』という意味……)

クジャストリアは自身が魔術研究者であるだけに「四元精霊合一理論」の価値をラヴィアよりもずっと正確に把握していて、そんな研究をしている女性にシルバーフェイスが惹《ひ》かれる可能性があることを言いたかったのではないか。

実際ラヴィアも、「ジルアーテよりも強敵かもしれない」と思った。

では、なぜ手を貸す？

(……ヒカルならきっと、こうしただろうから)

ラヴィアは、もしも自分が救いたいと思った男性がいて、それが絶世の美男子だったとしても、ヒカルは絶対に手伝ってくれるだろうと思っている。

「それなのにわたしが、ただの醜い嫉妬心でヒカルのために行動しないなんて——あり得ない」

ラヴィアの心は最初から決まっている。

「それになにがあってもヒカルのいちばんはわたしだから」

静かに燃える闘志を胸に、ラヴィアは闇の道を通り抜けていった。

第37章　一家総出の大ゲンカ

衛星都市ポーンドで、ヒカルは情報収集をすることにした。

今回の問題を解決するにはふたつのハードルをクリアしなければならないことがわかっている。

ひとつ目は、いくらアイザック――アイビーが返済しようとも、義母であるヴィルマ＝フィ＝テイラーがお金を借り続ける限り借金は減らない。ヴィルマを止めなければいけないということだ。ただ、その彼女の行方は今のところ手がかりがないのだけれど。

ふたつ目は現在の借金額自体が大きいことだ。

（アイザックが「四元精霊合一理論」を完成させるまで待ってもらおうか？　あの理論が完成すれば大金が転がり込んでくるのは間違いない……なにせ、魔術の世界を一変させるほどの発明なんだから。でも、魔術の知識がない人に理論の話をしても通じないだろうしなぁ……「いつ完成する？」と聞かれても「わからない」としか答えられないし……）

なのでヒカルは発想を変えている。

（……アイザックじゃなく、ヴィルマに返済を迫るよう仕向けようか。それならできるか

もしれない。ヴィルマが定期的に借金をしに来ているのだから、そのタイミングで居場所もつかめるはずだ）

夜更けの「隠密《おんみつ》」行動明けで仮眠しか取れていないヒカルは、欠伸《あくび》をかみ殺しながら朝のポーンドの街をゆく。

「…………」

「…………」

通り過ぎようと思ったら、めっちゃ見てくるのがホットドッグ屋台の店主だ。ひっきりなしにお客が来てはホットドッグを買い求めているし、

「こんな美味いものがこんな街にあるなんてなぁ」

「実はこのホットドッグとかいう料理、ポーンドの名物になってるんだぜ」

「誰だって真似できるんじゃないのか」

「オリジナルソース、あと激辛10倍はどこも真似できないんだよ」

そんなことを言いながら冒険者たちがいくつものホットドッグを抱えて去っていく。

だというのにその間中ずっと、店主はヒカルを見つめている。50メートルくらい離れているヒカルを。

「……はぁー」

ため息をついてヒカルが屋台に向かうと、

「師匠。待っていたぞ」

「……だから師匠じゃないですって」

他の客がそのやりとりを聞いて、「まさか『ホットドッグの神』などと呼ばれている店主の師匠がこの少年なのか……？」とか「思っていた以上に若いな」とか、勝手なことを話している。

（僕がいない間にこの店になにがあったんだよ）

と思うが、気にするだけ損だと思って、

「ひとつ——いや、3つください」

「わかった。できてる」

「……………」

できてるのかよ。

「……ひとつはグリーンソースにしようと思っていたんですけど？」

「もちろんできてる」

「…………」

なんでだよ。注文する前に。

ヒカルは代金を払って、ふたつは小さなカゴに入れ——ほんとうはどこか違う屋台の朝食を楽しもうと思っていたのに——グリーンソースのホットドッグを食べながら歩いた。

細かく刻んだタマネギのような食感に、ソースの酸味が効いている。熱々のソーセージにそれらが絡むと、オリジナルホットドッグとは違った味わいになる。

(悔しいけど美味しいな……ていうかなんでできあがってたんだよ)

それ以外にホットドッグは作られていなかったので、ヒカルが最初から3つ頼むとわかっていたということになる。

(怖っ)

ソウルボードでも見てやろうと考えたけれど、必要もないのに勝手に見るのもプライバシー的にどうなのかという思いもあり、さらには見たこともない項目がとんでもない数値になっていたらどうしようという思いもあり、見るのはやめた。

オリジナルホットドッグと同じ、酸味と肉汁のハーモニーという点はブレないながらもシャキシャキとした歯ごたえをプラスしたグリーンソースはなかなかよかった。ぺろりとひとつ平らげたヒカルは、もうひとつ買えばよかったかと思いながらもカゴのふたつには手をつけずに冒険者ギルドに向かった。

「——この依頼なんだけど、日程を1日ずらせないか？」

「——おいおい、この霊芝茶《れいしちゃ》の新芽、昨日より一袋あたりの金額が跳ね上がってるぞ。昨日俺が納品したばっかりだろ!?」

「——護衛のメンバー、あと2名足りない。誰か入らないか？　ランクEなら言うことなしだ」

相変わらず朝の冒険者ギルドは騒がしい。

受付のカウンターにいるフレアとグロリアのふたりも、忙しそうに冒険者をさばいている。

日中とは違って、ちゃんと依頼を受けようとしている冒険者が多いために、「隠密《おんみつ》」を使って最前列に滑り込むという手段は使わずにヒカルは順番を待った。

「――お待ちの冒険者様、こちらにどうぞ」

フレアのところに行こうとしていたヒカルだったが、横にスッと現れたグロリアに気づくのが遅れた。

わざわざカウンターから出てきてヒカルに声を掛けた彼女の顔に、うっすらと笑みが浮かんでいるが――一見してそれは穏やかな微笑に見えるものの、ヒカルの目には謀《はかりごと》を含んでいるように映る。

「いえ、僕は急ぎではないので待ちますよ」

目立つことするなよ、というアピールのヒカル。

「ヒカル様は特別扱いされるのにふさわしい冒険者様ですから」

いいからこっちに来なさい、なにか隠してることがあるんでしょ、という目をするグロリア。

「え？　えっ⁉　ヒカルさん来てたんですかぁ⁉」

出遅れたフレアがカウンターの向こうであわあわしている。

「いえいえ、僕は情報収集だけですから急いでいないのです。ほんとうに」

「ヒカル様が欲しい情報？　きっと難しいご依頼を抱えているのですね。ぜひとも担当させていただきたいです」

「いえいえいえ、グロリアさんのお手を煩《わずら》わせるほどではありませんから」

「ヒカル様はフレアにご執心……ということですか？」

するとやりとりを聞いていたフレアが「ご執心⁉」と過剰反応し、他の冒険者たちが「このガキ、いっちょ前にフレアさんに手ぇ出そうとしてんのか」といきり立つ。

ふー、と息を吐いてヒカルは、

「……負けましたよ、グロリアさん。これは差し入れですので後で食べてください」

「まあ、ホットドッグ。ありがとうございます——ではこちらにどうぞ」

グロリアに丸め込まれる形で応接スペースに移動する——ところで、

「じゃ、ウンケンさんへの取り次ぎお願いします」

「……はい？」

「今日はウンケンさんに話を聞きに来たんです」

にこりとヒカルは笑ってみせた。

「……おいおいヒカル。お前グロリアになにをした？」

久しぶりに会ったウンケンは——シルバーフェイスとしてではなく、冒険者ヒカルとしてはかなり久しぶりに会ったウンケンは、いつもと変わらなかった。

ただ、すさまじい渋面を作っているだけで。

「別に。ウンケンさんに取り次いでもらって、お礼にホットドッグを渡しただけですよ」

グロリアは以前からヒカルになにか秘密があるとにらんでいて——それはギルドカードに特別な「加護」があるという推測のようだったが——それで、なにくれとなくヒカルに絡んできた。

だが「ギルドマスターに会いたい」と言っているのに「代わりに話を聞きます」とは言えないのだろう、グロリアはウンケンに取り次いだ後にカウンターに戻らざるを得なかった。

（あの人、穏やかそうに見えて目が怖いときあるからなぁ……）

美貌なのに、寄ってくるのは脳みそまで筋肉の冒険者だけという残念な受付嬢である。

「そんなんであんな鬼のような顔になるかねぇ……」

「鬼ですか」

「鬼じゃった。後で声を掛けておけ」

「はあ……」

部下を気遣って声を掛けるのは、ここのギルドマスターであるウンケンの仕事であって自分の仕事ではないのでは？　とは思ったが、今日はウンケンに話を聞きに来たので適当に受け流しておく。

ここはウンケンの執務室で、落ち着いた内装としっかりした執務机があり、棚には多くの書類が収められている。

だというのにウンケンの格好はいつもどおりの作業着なので「間違って偉い人の部屋に入り込んでしまったジイさん」という感じがどうしてもしてしまう。

「実は『バラスト商会』について聞きたくて」

「ふむ？」

ヒカルがそんな話題を出すと思っていなかったのか、ウンケンは興味深そうに目を瞬《またた》かせた。この様子だとフレアは、昨日のヒカルとの話はウンケンに報告していないらしい

——口が固い受付嬢は、ヒカルにとってもありがたい。

「なんじゃ、トラブルか」

「うーん、僕のじゃないんですけど、知り合いが」

「……そうか」

応接スペースにある向かい合わせのソファにふたりは座っている。ウンケンは眉根を寄せた。

「『バラスト商会』は、先代はよかったんじゃがな……今の代になってだいぶ荒れとる」

そこまではフレアから聞いた情報と同じだった。

「とは言っても、なにか違法行為に手を染めているわけではない。ならず者に食《く》い扶持《ぶち》をやって、治安に協力してくれている側面もある。こっちからなにか言うことではないな」

「……そうですか」

「エドワードの兄がポーンドに留《とど》まっていてくれたらよかったんじゃが」

「その人はどんな人なんですか？　どこにいるんです」

「王都じゃよ。サーマル＝バラストは『ケンカの天才』と言われ、この街のチンピラに慕われ、流れ者もサーマルを見ると一目でただ者ではないとわかったようでな、サーマルがおればポーンドは安泰だと思ったものだ」

「どうしてサーマル氏はポーンドを出たのですか？」

「傑出しすぎたのかもしれん。ポーンドに留めておくには、この街は小さすぎた」

ウンケンにしてはべた褒めだとヒカルは思った。

（それほどの人物がいたのか……このポーンドに）

ヒカルがポーンドで活動していた期間はそう長くない。だから、サーマルや「バラスト商会」の名前を耳にしなかったのだろう。

「つまり一旗揚げるために王都に出て行ったと……」

「身も蓋もない言い方じゃな。まあ、そうだ」

「サーマル氏が戻ってくることはないんでしょうか」

「ないだろう。向こうでそれなりに成功しているようだし」

ヒカルはサーマル＝バラストの名も王都では聞いたことがなかったが、ポーンドに比べれば桁違いに大きな規模の王都で、サーマルを知らなくても不思議はない。

（兄に介入してもらうということはできないか。いや、メリットを提示できればやってくれるかもしれないけど……だからってエドワードが違法なことをしていない以上、難しいんだよな）

ヒカルとしてはなにかつけいる隙が欲しかったのだが、ウンケンとの会話からはそれは得られなかった。

ギルドマスターのウンケンが知らないのだから、フレアやグロリアに聞いても同じだろうと思えた。

「……それで？　多少はわかったか？」

考え込むヒカルを見てウンケンが聞いてくる。

「はい、ありがとうございます」

「なにが『ありがとう』じゃ。ワシの話はちっとも役に立たんかったと顔に書いてあるぞ」

「いえいえ……そんなことありませんよ」

「……ま、あきらめずにやってみるか、あるいはトラブルの事情をすべて明かしてくれたらワシもなにか考えられるぞ？」

すべてを明かすなら、テイラー家のことを話さなければならない。

テイラー家について話すなら、なぜヒカルがそこまで「四元精霊合一理論」に入れ込んでいるかも話さなければならない。

それは、避けたい。

ヒカル――シルバーフェイスと、クジャストリアにまでつながる情報だ。

「にっちもさっちもいかなくなったらお願いします」

「そうか。『蛇《じゃ》の道《みち》は蛇《へび》』という言葉もあるしな」

「？」

「ほら、用事が終わったら帰れ。ワシもそれなりに忙しい」

ヒカルは首をかしげたが、ウンケンは次の予定があるようで追い払われてしまった。

(「蛇の道は蛇」……)

グロリアに顔を見られないようにと裏口からギルドを出ながらヒカルは考える。

ウンケンはヒカルが、なんらかのトラブルに首を突っ込んでいると考えたのだろう。だから「蛇の道は蛇」なんていう言葉を使った。

(そういうことか)

この場合の「蛇」はなんなのか。

「バラスト商会」の業務内容を考えると、公的機関である「冒険者ギルド」では扱える範囲が限られることがわかる。

逆なのだ。

「――久しぶりに顔を出そうかな」

ヒカルは、ポーンドの地下に根を張る「盗賊ギルド」へと向かった。

裏稼業は、その本職に聞くべきだ。

ポーンドの街を歩いていくと、ここを拠点として冒険者活動をしていたときを思い出す。あのころは生きていくことだけで精一杯だったし、無我夢中だった。伯爵暗殺、ラヴィアの助けを得て屋敷から逃げ延び、冒険者ギルドでお金を稼いで――。

「あれ？　お兄ちゃん？」

「!?」

現れた少女には見覚えがあった。

ヒカルがこの世界にやってきたとき冒険者ギルドへの道を教えてくれた。次にヒカルが――実験のためにソウルボードを確認させてもらった少女、ラーナだ。

「久しぶりだね……元気にしていたかい？」

「お兄ちゃんこそ。しばらく見なかったし、冒険者だったからどこかで死んじゃったのかと思ってた！」

なかなか直球の言葉である。

しかしヒカルからすると、子どもらしい飾らない言葉は気持ちよかった。

「あ、お兄ちゃん。こないだラーナにお金くれたでしょ？」

「そうだっけ？」

「そうだよ！　あんな大金もらっちゃいけないってお母さんに怒られたんだから！」

ヒカルはラーナのソウルボードを1か所、こっそりとアンロックさせてもらった。そしてこの能力が他者のスキルツリーへもフルアクセス可能だということを知ったのだ。

それを思えばラーナに払ったお金なんて安いものだった。

「……そっか、ごめんね。ラーナちゃんはなにか、やってみたいこととか、伸ばしたい才能とかはある？」

「え？　急になに？」

「お兄さんは才能を調べる魔法が使えるんだ」

「そうなの？」

「そうだよ」

人のソウルボードをいじったことの罪悪感は今でも多少ある。だからヒカルは、ラーナの望みを叶《かな》えてやろうと思った。

「うーん……ラーナはね、お歌を上手に歌える人になりたい！」

「歌か。いいね」

「うん！　ラーナが歌うと、お父さんも『疲れが取れる』って言うから！」

ヒカルはラーナのソウルボードを開いた。

【ソウルボード】ラーナ＝ヴァルコン　年齢4／位階／0
【生命力】
【直感】
【ひらめき】―【音楽】1

以前、「生命力」のアンロックに1ポイント使ってしまったので、「直感」とそれに連なる「ひらめき」のアンロックで2ポイント、最後に「音楽」の1ポイントを振ると、ラーナの残りポイントは0になった。

「よし、できた」

ポイントが1あるだけで、素人《しろうと》レベルは脱している。「音楽」に才能があればギルドカードで「加護」を得られる可能性も上がる。好きになればもっと能力を磨くだろうし、そうなれば自然と「音楽」のレベルも上がるはずだ。

「？」

きょとん、と首をかしげているラーナにヒカルは言った。

「いろいろとありがとう。君はこの世界で2番目の恩人なんだ」

「よくわかんない」

「だよね。歌、がんばってね」

「うん！　お兄ちゃんも、死なないでねー」

「あははは……」

ヒカルは苦笑すると少女と別れた。

これから先彼女が才能を開花させるかどうかは神のみぞ知る、だ。

「さて、と」

目的地が近づいてきた。

流れている用水路の脇にある小さな歩道を進み、地下道へと足を踏み入れる。地下下水道区域と呼ばれるここに「盗賊ギルド」のアジトがある。

「隠密《おんみつ》」を使って進んでいくが、ヒカルは首をかしげた。「魔力探知」で確認範囲を広げているのだが以前より明らかに人が少ないのである。

浄化された下水が流れる水路の脇、鉄製の扉があり、魔導ランプの明かりがぽつりと点《とも》っている。

ヒカルは「隠密《おんみつ》」を解いて、扉をノックした。

「……誰だ？」

くぐもった声が聞こえる。

「ヒカルといいます。以前、ケルベックさんに仕事を依頼したことがありまして、ケルベックさんに会いに来ました」

「……用件は？」

「情報を買いに」

「……待っていろ」

それから数分待たされたヒカルだったが、キィ、と小さく軋《きし》みながら扉が開いた。中に入ると待合室のような場所があったが、そこには誰もいなかった。奥の扉がケルベックの部屋につながっているのだが、

（相変わらず左右の隠し扉に人を潜ませているんだな）

ヒカルの「魔力探知」にはバレバレの人員配置だった。

下水道の先に、こんな居住区画があることはあまり知られていない。「盗賊ギルド」は名前こそ「盗賊」ではあったが非合法を扱う組織ではない——ということになっていた。扱うのはグレーのもの。ブラックに限りなく近いグレーまで扱うが、ぎりぎりの一線を越

えないというバランス感覚は備えている。だからこそこうして組織は続いている。

「――入れ」

ノックをすると、懐かしい声がした。ラーナのような少女が聞けば泣き出すかもしれないというドスの利いた声だ。

扉を開くと、待合室よりもずっと上等な部屋がそこにあった。

応接スペースのソファはウンケンの執務室より良さそうなものだったし、壁に掛けられた絵画も結構な大きさだ。ただ、絵のモチーフとして「青空」が描かれていて、そんなものが地下のこの部屋にあるというのはなにかの皮肉のように感じられた。

ソファに座ったケルベックは、相変わらず「マナーなんてクソ食らえ」とでもいうように、両足をテーブルに乗せてふんぞり返っていた。

「お久しぶりです」

「おう、くたばってなかったか」

顔には、赤い炎を模した入れ墨が額から右頬、首筋、身体へと走っていて、動きやすそうな編み上げのブーツや袖のないシャツなんかは前とまったく変わらない。

「それ、言われたの今日で2度目です」

「ふん。この業界じゃ『こんにちは』の挨拶みてーなもんだよ」

物騒な業界だ。

「あの空の絵、いいですね。儲《もう》かっているんですか？」

「冗談はよせ。なにしに来た」

「世間話くらい、いいじゃないですか」

「こっちは忙しいんだよ」

イライラを隠そうともせずにケルベックは言う。

「わかりました……本題に入ります。今日は『バラスト商会』の情報を買いに来ました」

するとケルベックの眉がぴくりと動いた。

「……また、バラスト一家の話か……」

また？　また、とはなんだ？

「ひょっとしてケルベックさんの不機嫌は、『バラスト商会』に関係がありますか」

「あんなのは商会でもなんでもねえ。ただのならず者一家、バラスト一家だ」

呼び名はどうでもいいと思ったが、これは情報を仕入れるチャンスだと感じたヒカルはケルベックに同調した。

「ええ……かなりきわどいことをやっている連中のようですね」

「最近はやたら頭数を増やしやがって、あちこちのギルドよりも安い金で仕事を請け負うから、仕事の出来はクソッタレなんだが、それでもそこそこ仕事が集まっちまう。おかげでこっちは人手も持ってかれるし、仕事も減るしで腹立たしいことこの上ねーよ」

ヒカルは納得する。「バラスト商会」と「盗賊ギルド」は元々仕事の領域が半分かぶっているのだろう。「盗賊ギルド」はグレーゾーンの依頼を受ける組織のはずだが、それを遂行する人手は、それこそ「バラスト商会」のようにならず者を使っていた。

「バラスト商会」はよりホワイトな依頼を、「盗賊ギルド」はよりブラックな依頼を。それまでなんとなく棲み分けができていたふたつの組織は、「バラスト商会」が勢力を拡大しようとした結果、もろに衝突が起きている。

（でもエドワードはエドワードで依頼失敗が続いて頭を抱えている。これ、誰も幸せにならないヤツだな。日本でもこういうのあったな）

安い金額で案件を受注しまくり、とりあえず未経験者でもいいからと頭数を集めるために採用をかけ、結局プロジェクトがうまくいかずに長期化して利益が出ず……なんていうＩＴ業界の地獄を見たような気持ちになるヒカルである。

「バラスト一家とはなにか取り決めのようなものはなかったんですか」

「……取り決めだぁ？　こっからここはウチの仕事で、そっからそっちはアンタの仕事だ、ってか？　んな、足がつきそうな内容を明文化するわけねえだろ」

それもそうか。

「ではバラスト一家が最近、幅を利かせている理由はなんでしょうか」

「そりゃ代替わりだ」

「ああ、傑物とウワサされる先代からの。確か長兄の出来が良かったとか」

「そこまで知ってるんならわかるだろ。弟のエドワードは焦ってんだよ。なにをやっても先代と比較され、王都に出て行った兄貴とまで比べられる。できることと言えば金勘定くれえだ……まあ、この稼業で金勘定ができるってのも大事な才覚なんだがな。だが、それだけじゃ一家は回らねえ。こけおどしにもならねえ頭数ばっかりそろえようとしてるのも、自分にカリスマがねえってことを、他ならぬエドワードがわかってるからだろうよ」

「…………」

ヒカルは昨晩のエドワードの姿を思い返す。

依頼の失敗に頭を抱えていた彼は、苦労人のようにさえ見えた。

皮肉なことには、彼の苦悩は他の組織の人たちにも見透かされているということだろう——エドワードは優れた父や兄に追いつくために、尊敬を得られるように、精一杯やっているというのに。

「そうとわかっていて、ケルベックさんは手を打たないんですか」

「……できるもんならとっくにやってる」

「エドワード氏は、非合法には手を染めませんからね」

「そこだよ。あの如才なさは希有《けう》のもんだぜ。頭の悪い部下をかき集めて頭の悪いことをやらかしてるのに、全部合法だ。だから、こっちもどうにもならねえ。ただバラスト一家が、失敗を重ねて勝手にブッ倒れるのを待つことしかできねえ」

「その間、依頼の失敗や借金の取り立てで苦しむ人がいますよ」

「安さに釣られてバラスト一家に依頼を出すほうが悪いだろ。大体借金だって、借りたほうが悪いんだ。バラスト一家の利子は合法だぞ」

それを言われるとぐうの音《ね》も出ない。テイラー男爵家の借金問題は、バラスト一家に責任があるのではなく、先代の後妻であるヴィルマが借金を重ねていることにあるのだ。

ヒカルもまた、ケルベック同様、

（打つ手なし、かぁ……キツイな、これ）

頭を抱えたくなるのをぐっとこらえる。

するとケルベックは首を後ろに反らせてソファの背に後頭部をのせた。

「あぁ～～～～……ったく、先代まではうまく回ってたのによお。妙な肺病なんて病んじまったせいだ」

「え？　肺病……ですか？」

「さっさと治しゃよかったのに、タバコのせいだとか言い張ってよ、それで重症化、代替わりだ」

「……そう、ですか。惜しい人を亡くしましたね」

「？」

ケルベックが身体を戻した。

「お前なに言ってんだ。ドーマのオッサン……先代のドーマ＝バラストはまだ生きてるぞ」

◇

衛星都市ポーンドは、王都ギィ＝ポーンソニアへ馬車で半日という距離に位置し、あくまでも「通過点」としての役割を期待されているために、全体的に小さくまとまっていた。けれどもそのすべてがきっちりと整備されているわけではなく、「盗賊ギルド」が活動する余地だってある。

「……ここに来るのは僕がこの世界に来て以来だな」

街外れの墓地にやってくると、ヒカルは大樹の幹に手のひらを当てた。

あれは雨が降った夜だった。モルグスタット伯爵邸から逃げ出したヒカルは夜道を走って、走って、ようやくこの墓地にたどり着いた。そしてこの大樹の根元で一夜を明かしたのだった。

閑散とした墓地に人気《ひとけ》はなく、周囲の街並みは表通りよりもずっとみすぼらしい。汚れた壁はそのままで、屋根も破れた廃屋があり、生活感のない民家がある。一方でどこかで子どもたちの遊ぶ声が聞こえ、家と家の間に渡されたロープには洗濯物が翻っていた。

「スラム」より「下町」と呼ぶほうがしっくりくる。

「――げほっ、がほっ……！」

そんな街の細い路地の先に、陽の射さない小さな廃屋があった。いや、廃屋ではなく中に人がいるのは「魔力探知」でわかっているのだが、廃屋としか言いようのないボロ屋なのだ。

周囲に家を建ててみたら設計を間違っていた、とでも言えばしっくりくるような「空き」スペースに、馬小屋サイズの小屋がひとつ収まっている。破れた屋根を薄い板で簡単に補修してあるだけの家。

足元が朽ちた扉が申し訳程度にくっついていて、それは外側に向かって開かれていた。

「げほっ、がほっ！」

くたびれたエンジンを無理やり動かすように、喉《のど》をぜいぜいさせながら咳《せ》き込む声が聞こえた。

「こんにちは」

ヒカルが中に入ると、寝床をひとつ置けばいっぱいになるようなその室内で、簡素なベッドに寝そべった老人がいた。

痩せさらばえた老人は――老人と言っていいだろう、薄くまばらな白髪《しらが》はぼさぼさで、顔には深いシワが刻まれている——目だけをヒカルにじろりと向けた。

射すくめるような眼光に、一瞬ヒカルはたじろいだけれど、すぐにその目は優しいものに変わった。

「……お前さん、誰だい。どうやらワシの知らねえ人のようだが。にらんじまってごめんな、最近は面倒な客ばかりでよ」

「ヒカル、といいます。冒険者をしています」

「冒険者？　ほう……若いのにたいしたもんだ。てめぇで稼いでてめぇの足で立つ。なかなかできることじゃねえ」

驚いた。

ヒカルは、自分の身なりがいわゆる一般の「冒険者」と比べてこざっぱりとして身ぎれいであることは自覚しているし、先日のオークション会場でも「金持ちのボンボンのお遊び」という目で見られたほどだ。

だけれどこの人物、ドーマ＝バラストは一目でヒカルを「自立した冒険者」として判断した。

思わずソウルボードを確認してしまう。


【ソウルボード】ドーマ＝バラスト　年齢58／位階31／41

【生命力】
【自然回復力】5／【スタミナ】2／【免疫】―【疾病免疫】1
／【知覚鋭敏】―【視覚】3
【筋力】
【筋力量】4／【武装習熟】―【投擲《とうてき》】3
【敏捷性《びんしょうせい》】
【瞬発力】3／【柔軟性】2／【バランス】4
【器用さ】
【器用さ】3／【道具習熟】―【斧《おの》】1
【精神力】
【心の強さ】3／【カリスマ性】1
【直感】
【直感】1／【探知】―【生命探知】1

バランスの取れたソウルボードだった。残りのポイントは41もあるけれど、年齢を重ね、一般人からすればあり得ないほどに高い「魂の位階」があるおかげだろう。騎士団長のローレンスですら「魂の位階」は50の手前、冒険者ランクBの「東方四星」のメンバーも、大体40前後だった。ただしセリカはのぞく（１００超え）。

厳しい戦いをくぐり抜けてきたヒカルの「魂の位階」は3増えて29になっている。ドーマとあまり変わらない数値なのだが、「隠密《おんみつ》」能力がなければ相手にもならないような強大な敵を相手に戦ってきたヒカルと比べるのはおかしな話だろう。いくら荒事《あらごと》が多かったとはいえ、ドーマは街に暮らす「商会長」だし、モンスターと戦う冒険者とは違って命のやりとりも少なかったはずだ。

（58歳には見えないな……）

いかにも疲れ、衰えたような見た目のドーマはすっかり老け込んでいる。病魔のせいだろうか。

「その冒険者さんがなんの用だい」

「あ……失礼しました」

じっと観察するように見つめていたヒカルは、自分の目的を思い出す。

「実は『バラスト商会』についてお話があります」

「……お前さん、エドワードとトラブルか？　アイツに関わるようには見えねえが」

「それが僕の知り合いの問題で――」

「ごほっ、ごほっ！」

「大丈夫ですか」

ヒカルはドーマの背中をさすろうと手を伸ばすが、それを制止するように手のひらを向けてくる。

「……離れていてくれ、お前さんに伝染《うつ》しちゃいけねえ」

この人は——相当苦しそうだというのに、ヒカルのことを心配している。

(「先代は良かった」とみんなが言うのもわかる)

制止されたのも無視して、ヒカルはドーマの背中をさすった。

「聞いてなかったのか、俺は肺病でな……」

「長年のタバコによるものだと聞きましたよ。であれば伝染性の病気ではありません」

「お前さんは医者なのか？」

「違いますが、それくらいはわかります」

背中をさすりながら考える。

元はといえば「バラスト商会」についてドーマからなにか情報を得ようと思っての訪問だった。なにか今の、エドワードの急所を突くような情報があればいいし、それがなかったとしてもヒントだけでもいいと考えていた。

だけど今は、考えが変わった。

(ソウルボードで「自然回復力」、「疾病免疫」を上げれば治るかな。いや、それより手っ取り早い方法がある……ポーラに来てもらうんだ)

彼女の「回復魔法」ならばドーマを一気に健康体にまで持っていけるだろう。

「ドーマさん。あなたの身体を治す方法があるとして……僕がそれを提供したら、ひとつお願いを聞いてもらいたいのですが、いかがですか」

健康になったドーマに、もう一度「バラスト商会」の商会長になってもらうのだ。

だけれど、

「いや、要らねえ」

「……え？」

「こうして肺をおかしくしたのは俺自身の過ちだ。これは俺が引き受けなきゃならねえよ」

「――――」

この人は何度自分を驚かせるのだろう。

健康を欲しない人なんていない。ましてや日々、病魔に苦しんでいるのならなおさらではないか。

「ごほっ、がっ……！　……俺がタバコを吸うたびに、女房がイヤな顔をしていたっけな。『安物のタバコなんて吸うな。肺を病むよ』って言ってたんだ。この咳《せき》は、それを無視して吸ってた俺への罰なんだ」

ほとんどなにもない部屋。水差しと、食事を取ったのか皿が小さな台に置かれている。

その横にひっそりと――薄汚れた壁に溶け込むようにそこにあったのは、煙管《きせる》だった。紙巻きタバコや葉巻もあるが高級品で、庶民の娯楽としてはいまだに煙管やパイプ、それに噛《か》みタバコが主流だ。

（罰……）

ほこりをかぶった煙管は、ドーマ自身への戒めなのかもしれない。罰を忘れるな、という。

ヒカルはそれ以上、ドーマに話すこともできず家を出た。

それから近所の人に話を聞いた。

彼らはドーマのために食事を作って日々持っていっているらしい――かつてドーマに、バラスト一家に世話になったと言っていた。

ドーマは最愛の妻を亡くし、長男のサーマルが王都へと移り、肺病に罹《かか》ってしまうと……急に元気をなくして「バラスト商会」をエドワードに任せ、自身はあのボロ屋にやってきたという。

近所の人たちは、口をそろえてこう言った。

――医者に診《み》てもらえと言っているのに、全然行ってくれやしないんだ。みんなで金を出し合って、医者にかかれるだけの金も用意したのに……。

長生きしてほしいのに、と。

ドーマの肉体の衰えは著《いちじる》しく、このままの生活を続けたら長くはない。

(……死なせたくないな)

ドーマの意志がどうであれ、多くの人が惜しんでいる人をみすみす死なせたくないとヒカルは思うのだった。

◇

ラヴィアー――スターフェイスから接触を受けたクジャストリアは、翌日から王国法の改正について、相談役であるナイトブレイズ公爵に話をした。

ふたりは日々、王政についての話し合いをする時間を作っている。

「そう言えばそんな法律もありましたな。確かに女性であるクジャストリア陛下が王位を継承しているのに、貴族はダメ、という法律を残しておくのはよろしくありません。改正の検討を始めましょう」

「どれくらい時間がかかるでしょうか」

「そうですね……おそらく1か月か2か月。影響も小さいですし、反対する貴族もいないと思われます。貴族たちの関心は今は他国の情勢に向いておりますからな」

公爵の言うとおり、中央連合アインビストと聖ビオス教導国の紛争、その後のクインブランド皇国による聖ビオス教導国への侵攻と、大事件が立て続けに起きている。

「本来ならば我が王国も危ないところでしたが……いやはや、シルバーフェイスに助けられましたね」

それにはクジャストリアも完璧に同意したいところだった。

シルバーフェイスがいなければ「呪蝕ノ秘毒」によって王都ギィ＝ポーンソニアは危機に陥っていただろう。いや、それを言うならクインブランド皇国や聖ビオス教導国のほうがいっそう恩を感じているのだろうが……。

（おぼろげながらに聞こえてくる情報だけでも、シルバーフェイスがいなければ、かの2国はどうなっていたかわかりませんね。……いったい彼はなにが目的なのでしょうか）

クジャストリアはシルバーフェイスに感謝しつつ、一方で彼の存在を不気味に感じている自分がいることに気づいていた。

あれだけの働きをしているというのに、彼からのクジャストリアに対する要求は「魔術の研究」だけだ。

クジャストリアにとっては願ったり叶《かな》ったりであるが。

それだけに不気味なのだ。

（鉱山の利権や、なにかしら商品の専売を要求されてもおかしくないというのに。富や名声を求めてくれたほうがよほど御しやすい）

もしや自分がなしている「ことの大きさ」を理解していないのでは？

いや……さすがにそれはない。シルバーフェイスは聡明なのだから——。

「……女王陛下？　どうなさいました」

「いえ……なんでもありませんわ。それにしてもナイトブレイズ公、最近、平民による貴族位にある者への乱暴について聞いていませんか？」

「なんですか、それは」

「実は——」

クジャストリアはスターフェイスから聞いた、テイラー男爵家のことをかいつまんで伝えた。借金取りが屋敷に嫌がらせをしている、といった内容だ。

ポーンソニア王国では、平民と貴族の身分差は埋めようがないほど大きい。だからこそヴィルマ＝フィ＝テイラーは、先代男爵夫人という肩書きだけで借金ができるのだが——

それはさておき、借金を取り立てるという名目があるにせよ平民が貴族の屋敷に乱暴を働くのは到底許されることではない。平民が平民に対して行うことですら、度が過ぎると兵士によって逮捕される。

「知りませんね。ぜひとも注意させましょう」

「そうしてください」

スターフェイスが望んだのは王国法の改正だけで、「テイラー男爵家の警備」までは含まれていなかった。

だけれど、クジャストリアはナイトブレイズ公爵を動かすことにした。

（……次に会ったとき、彼女はどんな顔をするでしょうか。当然という顔を？　いえ、きっと複雑そうな顔をするに違いありませんね）

スターフェイス。

シルバーフェイスの最もそばにいる女性であり、シルバーフェイス同様の聡明さと大胆さを兼ね備えている。

そんな彼女に、自分が「貸し」を作ることができたなら――それは愉快ではないか。

クジャストリアはひっそりと笑みを浮かべた。それは少女のものとは思えないほどに大人びて、蠱惑的《こわくてき》だった。

王国内の治安部隊といえば、軍に所属する兵士によるパトロールが一般的なのだが、ごくまれに王国騎士もパトロールを行う。

シミひとつない騎士団の制服で、馬に乗っているので大変に目立つ。

そんな王国騎士ふたりが今日やってきたのはテイラー男爵家の屋敷がある場所だった。

「あーあ、まったく……なんでパトロールなんてしなきゃならないんだ。騎士団の半分も動かす必要があったのか？」

ナイトブレイズ公爵は騎士団に相談し、テイラー男爵家だけでなく他にも問題がないかどうか、大がかりにパトロールすることを提案したのだった。

それは、いまだ不安定な王都の治安を回復させるにはちょうどいい機会だったからでもある。

パトロールが始まって3日目となる今日は、このふたりがテイラー男爵家を回ることになっていた。

「それなら騎士団長とトレーニングに励んだらよかっただろう」

「冗談！　あんなのに付き合ってたら死ぬよ。なんの誇張もなく死ぬ。仮に生き延びたところで、団長みたくムッキムキの筋肉ダルマになる。そんなのはごめんだ。女の子にもてなくなる」

「お前というヤツは……女のことしか考えられないのか」

「むしろ、零細貴族家の三男坊の王国騎士なんて、女の子と遊ぶくらいしか楽しみがないだろうに。イーストみたいな上昇志向、俺にはないよ」

へらへらした男と、むっつりした男。対照的な組み合わせだった。

むっつりした男――イーストと呼ばれた騎士が言う。

「……お前、また以前のように腹を刺されるぞ」

「げっ、その話やめてくれよ。大体刺されてないし。刺されかけたけど、むしろ刺されたのは俺たちが護衛していたモルグスタット伯爵だったし」

このふたりはヒカルがこの世界にやってきたあの日、モルグスタット伯爵家にいたのだった。

イーストは、敬愛する騎士団長ローレンスを倒したシルバーフェイスと、彼と戦えなかったアインビストでの「選王武会」、それに逃げた伯爵令嬢のことを今でも思い出す――この同僚は、衛星都市ポーンドでたぶらかした女の子に逆恨みされたことを思い出すようだったが。

「しかし、ナイトブレイズ公はどうしてまた貧乏男爵家を見てこいなんて言ったのかねえ」

「命令の意味を考える必要はない。いかに命令を完遂するかだけを考えるべきだ」

「……ほんっと、お前はつまらないねえ」

「着いたぞ、ここがテイラー男爵家だ」

こぢんまりとした飾り気のない屋敷は、手入れがあまりされていないのだろう、薄汚れていた。

馬を歩かせて屋敷をぐるりと回ってみると――裏口のあたりに数人の男が集まっているのが見えた。

「……あれは、冒険者か？」

「ん～、そうみたいだな。冒険者と、なんだありゃ。チンピラか？　そう言えばテイラー男爵家は先代が亡くなって没落したみたいだな」

「よく知っているじゃないか」

「そりゃね、零細貴族家のネットワークってやつよ。没落したってウワサはすぐに飛び込んでくるぜ。そういうときは酒盛りだ。成功したってウワサは聞こえてこない。酒がまずくなるからな」

「……それはそれは」

聞いている自分まで精神を毒されそうだなとイーストは思った。

ふたりの騎士がのんびりしているのは、冒険者とチンピラたちが一触即発——という感じではまったくなく、なんだか世間話でもしているようだったからだ。やがて「じゃあな」みたいな感じで小さく手を挙げて二手に分かれる。

こちらを振り向いた冒険者たちは、王国騎士がいるのを見て一瞬ぎょっとした。

「お前たち、ここでなにをしている？」

「……へへっ、騎士様に申し上げるようなことではありませんよ」

3人の冒険者のうち、いちばん背が低く、如才なさそうな男が答えた。

「我らはパトロール中だ。状況を知る必要がある——言え」

イーストがにらみつけると3人は背筋を伸ばし、お互いに視線を交わし合った。

「おいおいイースト、言い方があるだろ、言い方が」

「なにも間違ったことは言っていないが」

「まあ、任せとけ」

すると同僚は馬からひらりと下りると、冒険者たちに近づいていき、ポケットから銀貨を3枚取り出した。

「ほら、酒でも飲め」

「こ、これはどうも……」

「俺たちもさ、上がワケわからない命令をしてきたもんでパトロールしてるだけなのよ。アンタたちがなんていう名前の冒険者で、なにしてたかだけ教えてよ」

「へぇ。ほんとに言うようなものでもねぇんですが」

3人はパーティー名と名前をそれぞれ名乗る。冒険者ランクはEだと言う。

依頼があったので、このテイラー男爵家の警備をしているのだが、まったく襲撃やトラブルもなにもなかった——ついさっきまでは。

「あのチンピラどもは『バラスト商会』に出入りしてましてね、前に博打《ばくち》でちょいと顔を合わせたことがあって、覚えていたんですわ。で、事情を聞いたら、俺たちが警備してるここのテイラー家が借金を返さねぇと」

「ふんふん。それで？　顔見知りの冒険者に会ったから『ハイサヨナラ』と引き下がるような輩《やから》でもあるまい」

「連中はポーンドに帰るそうですよ」

「ん？」

「本拠地がポーンドにあるそうで……で、帰る前に最後の取り立てでもやっとくかと思って来てみたら俺たちがいたもんで、気分が乗らなくなったから『もうやめた』って……」

「確かに、お前は運気の逃げそうな顔をしているな」

「き、騎士の旦那ぁ、そういうことは言いっこなしですぜ」

追従笑《ついしょうわら》いをする冒険者に、騎士は重ねて聞いた。

「――しかしなぜ本拠地に戻るんだ？　いや、まあ、王都の治安がよくなるのは歓迎だが、かといってポーンドが荒れるのもな」

「へえ、それが……」

冒険者はもう一度仲間同士で視線を交わし合った。

「旦那は、『喧嘩《けんか》師サーマル』の話を聞いたことはありやせんか？」

「………」

ちらりと騎士がイーストを振り返ると、馬上のイーストが口を開いた。

「聞いたことがある。王都の市井《しせい》に、剣は持たぬがめっぽう強い男がいると。この数年で急に名前が売れた男だな」

「へぇ、そのとおりで」

冒険者はイーストが怖いのか、目の前の騎士にだけ顔を向けて言う。

「そのサーマルが」

「サーマルが？」

「王都からポーンドに帰ったそうです」

「ふむ？」

騎士が首をかしげると、

「わからねぇんですかい、旦那」

冒険者はわざわざ声を潜め——とてつもなく重大な秘密を打ち明けるようにこう言った。

「——『喧嘩師サーマル』が、ポーンドで大ゲンカをやるってウワサなんですよ」

◇

今日も研究をしながら一日を過ごした。

クズ石とも呼ばれる、小粒の精霊魔法石を集めては火、水、風、土の４種類が等量になるように配置する。鉄板に刻まれた魔術回路は「四元精霊合一理論」で提唱されたそれと同じであり、また、アイビー自身が過去に経験した理論の成功時と同じものだった。

だが、何度やっても精霊魔法石は黒く変色して魔力を失ってしまう。

いろいろな仮説を立ててみた。

「精霊魔法石の大きさや重量が同じでないといけないのでは？」――１００回以上はこの仮説に基づいて試してみたが失敗だった。

「精霊魔法石の魔力量が同じでないといけないのでは？」――虎《とら》の子《こ》の貯金で、魔力量を測定する高価な器具を購入し、魔力量が同等になるように試してみたがこれも失敗だった。

大体、過去に成功したときだって大雑把《おおざっぱ》に「これくらいだろう」でやっていたのだ。それが偶然「正解」を引いたのだから再現性は著《いちじる》しく低い。

（……でも、幸せだな。こんなに幸せでいいのかな）

魔術研究をしながら暮らすことをアイビーは望んでいた。

それが、父と兄が死に、義母が借金を残して姿を消し――その借金取りに追われる毎日が始まった。気の休まらない日々。その中で、魔術だけはアイビーの心のオアシスで、心のよりどころで、たった一本の柱だった。

――え？　俺の名前を借りて論文を発表すんの？　いいじゃんいいじゃん！　それで俺が有名になっても恨みっこなしだぞ!?

双子の兄のアイザックはよく笑う男の子で、冗談を言ってはアイビーを笑わせてくれた。

——家はアイザックが継ぐから、お前がどんな道を選んでも私は構わないよ。

父は穏やかな笑みを浮かべてアイビーの頭をなでてくれた。

後妻を迎えることについて、アイザックとアイビーのふたりに対して負い目があったのだろう。

後妻のヴィルマは昔から父のことが好きだったようで、先妻の子であるアイザックとアイビーとは最初から「なれ合う」つもりがなかった。

それでも貴族社会では伴侶がいたほうがなにかと都合がいいことが多く、父はヴィルマと再婚した。

アイビーとヴィルマはお互い無関心で、距離を置いていた。それで構わないはずだったのだが——父とアイザックが死んでしまうと状況は大きく変わった。

「……ううん、もうどうでもいいこと。私には、私の研究を理解して支援してくれる人が現れた……それでいいんだ」

アイビーは首を横に振って立ち上がり、研究室から外へと出た。

「シルバー、私のレポートを読んでくれるかな」

◇

馬車の停留所は多くの人々でごった返していた。

王都への中継地点であるポーンドは、王都方面にも、その逆にも、多くの馬車が出ていく。

「――こっちだ」

ヒカルが手を挙げると、ちょうど乗合馬車から降りてきた人物は気がついて小走りに寄ってきた。

「ヒカル様！」

「ポーラ……わざわざありがとう。早かったね？」

「はい、こちらもちょうど行こうと思っていたところでしたから」

「ん？」

ヒカルはドーマ＝バラストを治療してもらうため、王都にいるポーラを呼んだのだった。その間、ラヴィアがひとりになってしまうことに不安はあったけれど、冒険者ギルドに警護の依頼を出しているると聞いたので、長期間にならなければ問題ないだろうと判断した。

だけれど、ポーンドでヒカルがどんな活動をしたのか、どんな情報を集めたのかについてはまだ共有していないのでポーラが「ポーンドに行こうと思っていた」というのには首をかしげる。

「はい、これです」

「んん？」

差し出されたのは植物紙の束。50枚以上はある。

「アイ……アイザックさんの研究レポートです」

「んんん⁉」

意味がわからない。

「アイザックさんがおっしゃるには、支援してくれているヒカル様には研究内容を把握しておいてもらいたいということで」

「そ、そうなの……？」

「徹夜して書き上げたとおっしゃってました。気がついたことがあったら教えてほしいと」

「…………」

ヒカルだって研究内容に興味はあったが、今はそれどころじゃないのではないかという気もした。

「……ま、まあ、いいか。読むよ」

「それで私が治療する方は……」

「うん、今から向かおう」

ヒカルは歩きながらレポートに目を通していく。

よく整理されていて、実験内容や目的も明確であり、書き手の知性を感じさせる内容となっている。

（……でも、この方向性は間違っているんじゃないか？）

「四元精霊合一理論」の肝は、火・水・風・土の4種の属性の調和だ。それによって莫大なエネルギーを生み出すことができる。

だから、「精霊魔法石の大きさ」や「精霊魔法石の魔力量」が同じになるようチャレンジしているのだろう。

（アイザックは見落としているんだ……彼が考えているようなことだったら、国の研究機関がとっくに発見しているはずだ）

やらなければいけないのは、他の研究者とは「違う」ことのはずだ。

（「過去に1回だけ成功した」という状況を再現するべきだ。そこに全力を傾けないと……でも、地下研究室は爆発事故で埋まっちゃってるんだよなぁ。「バラスト商会」の問題が片付いたら、地下研究室に手を入れてみようか）

とヒカルが考えていたときだった。

「──なんだか騒がしくないですか、ヒカル様」

「ん？」

言われてみると、馬が駆けていったり、武装した警備兵が走ったり、慌ただしく逃げるような人もいる。

「ヒカルさん！」

ちょうど冒険者ギルドの前を通りがかったところで、表に出てきていた受付嬢のフレアに声を掛けられた。数人の冒険者も何事かと通りに出てきている。

「どうしたんですか？」

「どうしたんですかはこちらのセリフですぅ！　この間はグロリアさんが、ヒカルさんを案内したあとに不機嫌になっちゃってぇ……」

「いや、それはどうでもいいです」

「よくないですよぉ。大変なんですよ、女の子の人間関係って」

「そうなんですか!?　私はラヴィアちゃんと仲良しですよ！」

「あ、ポーラさん。お久しぶりです。お元気でしたか？」

「こちらこそ、お久しぶりですフレアさん。久しぶりにポーンドに来ました」

ふたりでぺこりと頭を下げている間に入り込むヒカル。

「今は、それどころじゃ、ないよね？」

有無を言わせぬ迫力に、

「は、はいぃ……」

「す、すみません、ヒカル様」

「それで、フレアさん。なんの騒ぎですか」

「あっ、そうですっ」

ぽん、とフレアは手を打った。

「『バラスト商会』の長兄サーマルさんが戻ってきて、今、弟のエドワードさんとにらみ合ってるらしいんですぅ！」

「…………」

一体なにが起きているんだ。

ヒカルは頭を抱えたくなった。


旧モルグスタット伯爵邸──今ではバラスト邸の前には、100人ほどの人間が集まっていた。騒動の中心にいるのは50人近い。

「ここにゃ、アンタが足を踏み入れていい土地はひとっつもねぇんだよ」

実業家のようなふりをかなぐり捨てたエドワードは、憎々しげに、目の前の人間を見つめている。

「サーマル……!!　ポーンドは俺のシマだ。アンタは王都でちまちま稼いでな!!」

人数で言えば圧倒的にエドワードのほうが集めている。風貌は、こぎれいなチンピラから小汚いチンピラまで様々だが、どれもこれも脛《すね》に傷のありそうな者たちだった。

一方、10人ほどの仲間を引き連れたサーマル＝バラストは、動じる様子もなかった。

エドワードと同じ赤茶色の長髪はクセもなく、後ろでひとつに縛っている。がっしりとしたアゴのせいかやはり風貌は似ているという印象を与えるが、右のこめかみに走る傷痕がサーマルを凶暴に見せていた。

そしてその体つきだ。

肩幅は広く、上背もエドワードより頭ひとつぶんは大きい。盛り上がった筋肉と着崩した服で、「青年実業家」然としているエドワードに比べるとどうしても「荒くれ者」という印象を与えるだろう。

「……お前が情けねぇから戻ってくることになったんじゃねえか」

苛立《いらだ》ち混じりの声でサーマルは言う。

「バカ言ってろ。アンタはもうバラスト家の人間じゃねぇ、アンタにとやかく言われる筋合いは——」

「バカ野郎がッ!!」

空気を震わすようなその怒声にエドワードは目を見開いた。

「どこまでいっても家族の血は消えねぇんだ。お前がバカやったことで、王都の俺んとこに裏社会の連中がやってきた」

「バ、バカだと……」

「貴族への取り立てで騎士団が動いた。……物事には節度ってぇもんがある。お前は、越えちゃいけねぇ一線を越えたんだ」

「ハッ」

エドワードは鼻で笑った。

「節度だ？　バカも休み休み言え。結局のところ王都じゃ、裏社会の顔役に使いっ走りさせられる程度の器だったってことだろ、アンタはよ。弟を殴って黙らせてこいと言われ、のこのこやってきたってワケか。ダセェ野郎だ！」

「……お前なら、一家を任せられると思ったが、俺の見込み違いだったようだな」

失望したように目を細める兄に、弟は、

「その見下すようなツラが、俺はずっと大嫌いだったよ!!」

人差し指を、兄へと突きつける。

「お前ら、この連中をぶちのめせ!!」

うおおおっ、という声とともに4倍以上の人数がサーマルたちに押し寄せる。

「……実力差もわからねえのか。反撃するぞ」

サーマルが言うと、連れの10人ほどが「おおっ」と低い声で返事をした。

次の瞬間、大乱闘へと突入した。

怒声と喚声《かんせい》があがり、肉のぶつかる音がし、魔法が入り乱れて炸裂《さくれつ》する。見物に来ていた数十人もの人々は逃げ出そうとしたが、遅れてやってきたこの状況を知らない野次馬とぶつかって押し合いへし合いになる。

「オラァッ！」

「ぐほっ」

「死ね」

「てめえが死ねや！」

サーマルが連れてきたのは10人ほどだけなのに、人数差をものともしない互角の戦いを演じていた。

ヒト種族だけでなく、ドワーフや獣人といった亜人種もいる。どれもこれもケンカ慣れしているようで、囲まれても動じず対処している。

「くたばれやァッ！」

サーマルの正面に大男が突っ込んでいく。サーマルは一般人に比べればはるかに恵まれた体格だが、この男はさらにその上だった。

「――ッ!?」

その身体で繰り出すショルダータックルを、サーマルは左腕一本で止める。

「……エドワード」

受け止めた左手で、大男の左肩を握りつぶす。

「あがっ、あがが、あがががが!?」

倒れて苦しむ大男など一瞥《いちべつ》もせずに、サーマルは歩いていく。

「こういうときは、先陣切って相手をぶちのめしにいくのが一家の親分だろうがァ！」

「――コッ、この野郎……！　どんどんかかれ！　アイツが親玉だぞ！」

「ザコしかいねェのか」

取り巻きに守られて後方にいたエドワードは、一発か二発で手下が沈められていくのを冷や汗を垂らして見ているしかなかった。

「出てこい……出てこいエドワード！　俺はここだ！　お前が一家の代表だというんなら、さっさと出てこいや！」

鬼の形相《ぎょうそう》で叫び、血のついた握りこぶしを振り上げるサーマルを見て、エドワードの取り巻きたちは「ひっ」と小さく悲鳴を上げた。

「あ、あ、ありゃモンスターだ」

「手に負えねえ！」

取り巻きたちは身を翻して逃げ出した。

「あ、バカ、お前ら——」

「——『仲間は慎重に選べ』と、俺はお前に何度も言った」

南中する太陽を背後に、のしかかるように仁王立《におうだ》ちするサーマル。エドワードとの距離は数歩といったところだ。

「一家を背負うってぇのは、何人もの命を背負うってことだろうが。命を背負った以上は己《おのれ》が戦いの先頭に立たなきゃならねえ。だのに、お前ってヤツは」

「……うるせぇ……」

「もう任せておくことはできねぇ。このポーンドは——」

「うるせぇっつったんだよボケがッ!!」

エドワードはポケットから短い、深い紫色の宝珠が嵌《は》まった枝を取り出すとサーマルに向けた。

「！」

それは魔道具だった。

たった1回の使い切り。込められた魔法を解き放つことができる。

宝珠がきらりと光を放つのと、そこから巨大な火球が現れるのはほとんど同時だった。

火球はその場で爆発すると、サーマルを呑《の》み込んだ。

そして周囲に暴風をまき散らし、エドワードの上体もまた煽《あお》られ、彼はもんどり打って転がった。

すさまじい爆音と熱風が砂塵を舞い上がらせ、一時視界を悪くする。

これには、乱闘中だった面々もあっけにとられて立ち止まる。

「は、はは……ははは。クソッタレ。やってやったぞ、俺は……！」

整えた髪の毛は乱れ、服も汚れたエドワードは、腕を突いてよろよろと立ち上がる。

「直撃した。サーマルに直撃したぞ！　ははは……はは……はははははは！　はははははははははは――」

しかし彼の笑い声は止まることになる。

「…………」

砂塵が落ち着いたそこに、片膝を突き、拳を固めた両手でバツのマークを作るようにして自分の身体を守り抜いたサーマルがいたのだ。

服の大半は焼け焦げ、露出した肌は火傷《やけど》を負い、髪も縮れていたが――サーマルの闘志の炎は消えていない。

「…………バカ弟よ」

「ひっ」

直撃したはずなのになぜ立ち上がれるのか。あれはほんとうに人間なのか。疑問が渦巻き、恐怖心がエドワードの心に染みこんでくる。

「越えちゃいけねぇ一線を越えるなと……今言ったばかりだろうがァァァア‼」

そんなことは今は一言も言っていなかったが、立ち上がったサーマルがのしのしと近づいてくると恐怖のあまりエドワードは腰が抜ける。

「ひ、ひぃっ、ひぃぃぃぃ！」

尻餅をついて後ずさりするのだが、すぐにサーマルは目の前に立ってエドワードの胸ぐらをつかみ、その身体を軽々と持ち上げた。

「人を、兄を、殺そうとしたからには、お前も死ぬ覚悟はとっくにできてンだろうなァ⁉」

「うぇぐ、うぐっ」

「弟だから許してもらえるなんて思っちゃいねぇだろうなァ⁉」

喉《のど》を締め上げられたエドワードは声を発することもできない。その両足がぶらぶらとして力なくサーマルを蹴るがサーマルはびくともしなかった。

その様子を見ていたサーマルの仲間たちは「まずい」と直感した。サーマルの目は、完全に怒りに我を忘れている。手加減をしないサーマルは、簡単に人を殺してしまうだろう。

だがその仲間たちが動くよりも早く、現れた人物がいた。

「……手ぇ下ろせ」

しわの寄った細い指が、エドワードを締め上げているサーマルの手首に添えられた。

「あァ⁉」

「手ぇおろせっつったんだ」

「──おごっ」

直後、サーマルの腹にパンチがめり込み、サーマルの身体は「く」の字に折れ曲がり、エドワードを取り落としてしまう。

見ていた面々は唖然《あぜん》とした。

あのサーマルが、大男のタックルを軽々と受け止めるような強靱《きょうじん》な肉体の持ち主が、たったパンチ一発で体勢を崩したのだ──しかもそれを放ったのは痩せさらばえた老人だ。

「バカが……兄弟そろっていつまでみっともねぇことしてやがる。誰に似たんだ、誰に」

老人、ドーマ＝バラストはそう言うとぶんぶんと腕を回した──。

◇

兄弟が衝突する少し前、ヒカルはフレアから話を聞くとポーラを連れて大急ぎでドーマの住むボロ屋までやってきた。ヒカルの再訪にドーマは驚いたようだったが、修道服を着ているポーラを見ると、少しイヤそうな顔をした。

「……俺を治す気ならやめてくれ。大体、肺病は深く進行していてな、こんなお嬢ちゃんじゃ治せやしねぇよ」

「息子さんのサーマルさんが、手下を連れてやってきたようです」

「！」

これにはさすがのドーマも反応した。

「……そうか、サーマルが戻ってきたか」

そうして彼はすっくと立ち上がった——まるで今まで寝込んでいたのがウソであったかのように。

あっけにとられたのはヒカルだ。ポーラがこっそりと「回復魔法」を使ったのかと思ったが、ポーラはぶんぶんぶんと首を横に振る。

ヒカルの「探知」系能力——「生命探知」はポイントを1しか振っていないのだが、それで確認すると確かにドーマの生命力は衰えたままだ。むしろあと一息で消えてしまいそうですらある。

「案内してくれや、ヒカル」

だが衰えを感じさせないほどに「心の強さ」が上回っているのだろう——そういった彼の姿が人を惹《ひ》きつける「カリスマ」となるのだ。

◇

「親父ッ……!?」

「!!」

ドーマの登場にバラスト兄弟はぎょっとしたように立ちすくむのだが、騒動はこれで収まりはしなかった。

「――今さら先代が出てきたって遅《おせ》えんだよ！」

「――ロートルは引っ込んでろ！」

「――サーマルの兄貴がポーンドを仕切ってやらあ！」

「――あ？　まだまだ人数じゃ負けてねえんだぞ、王都のクソども！」

数人が声を上げ、乱闘が再開される。

その中心にいるドーマ、サーマル、エドワードの3人は等距離に――正三角形を描いて立ち尽くしていたが、

「……親父、今、アンタに出てこられても流れは変わらねえ」

サーマルが言うと、

「そ、そうだ。これはもう、俺の問題だ」

エドワードが答える。

腰に手を当てたドーマは深く深くため息をついた。

「……しようがねえバカどもだ。ふたりまとめて掛かってこい――子は父に勝てねえってところを見せてやる」

「ッ!!」

真っ先に反応したのはエドワードだ。

「ざっけんじゃねえ、親父！　アンタが病人で、寝たきりだってことはわかってんだよ！」

「――ごたくはいい。掛かってこい。それともなにか？　当代のバラスト商会長殿は、病人で寝たきりのジジイ相手にも逃げを打つってのか？」

「くたばれ！」

サーマル相手には及び腰だったエドワードも、さすがに引けなかった。踏み込んで右のストレートを放つ――のだが、パンッ、という乾いた音とともにドーマの手のひらに受け止められてしまう。

「――んなっ」

「てめえは昔から、ケンカは下手くそだったなあ、エドワード」

受け止めた拳をぐいと引くや、エドワードの懐にするりと潜り込んだドーマは、

「うおわあああああ!?」

一本背負いの要領でエドワードをぶん投げる。

手加減もなにもないその投げ技で、エドワードは地面に叩《たた》きつけられた。

「――次」

振り返ったドーマがサーマルをにらみつける。

血だらけのサーマルはしかし、激情に駆られるでもなくむしろ悲しみをたたえた目でドーマを見つめていた。

「親父……小さくなったな」

彼の目にはすでにドーマが死の淵のぎりぎりにいることがわかっていたのだ。

「無茶するんじゃねえよ。ここまでエドワードを放っておいて悪かった……後は俺に任せて寝ててくれ」

「カーッ、ペッ」

喉《のど》を鳴らしたドーマは痰《たん》を吐き出し、耳の穴に小指を突っ込んでかっぽじった。

「この耳くそほどの脳みそもねえバカのくせに、てめえはなにしたり顔で説教してんだ。あ？　10歳過ぎても寝小便してたくせに」

「親父ッ……！　俺はアンタのことを考えて……！」

「だったら父を越えてみろ。早く掛かってこい。それともなにか？　魔術を食らって身体が痛いから時間稼ぎでもしてんのか？」

「――どうなっても知らねえからな!!」

エドワードとは迫力が違う突進だった。

身体のひねりも、そこから繰り出される右ストレートも、すさまじい力を持っていることがはっきりとわかる。

だが、

「まだまだだなぁ」

ドーマはそのストレートに対して、真正面から拳をぶつけた。

パンッ、となにかが破裂したような音が鳴り、ふたりの拳が同時に背後に跳ねた。これを見ていた人間はわけがわからなかったことだろう、大男のパンチと、痩せさらばえた老人のパンチが相殺《そうさい》されたようにしか見えなかったのだから。

「な、な……」

いちばん驚いていたのは他ならぬサーマルだ。

「てめえは昔から、考えるのが下手くそだったなあ、サーマル」

ドーマはすいっと距離を縮めたと思うと、先ほど打ち込んだのと同じボディに左のパンチをくれた。

「がはっ⁉」

サーマルはその巨体を沈め、膝をつく。

「……ったくよお、互いにねえものを補い合えばよかったってのに……なにやってんだ兄弟そろって」

つぶやくように言ったドーマは、

「そういうバカなところが俺に似ちまったんだな……」

呆《あき》れたように、そして愛《いと》おしむようにふたりの息子に笑顔を向けたのだった。

その背後に迫っていた影には気づいていなかった。

サーマルの部下のドワーフだ。その手にはナイフが握られており、ドーマに突き刺そうとして風のように走り込んでくる――。

サーマルは倒れていて気づかなかった。

ドーマもまた倒れた兄弟を見ていて気づかなかった。

ただひとり、エドワードだけが目を見開いた。

「お、親父――」

だがその声は間に合わない。もう、ドーマまであと一歩というところに迫っていた。

確かに、驚異的な父の動きだった。それでもナイフで刺されたらひとたまりもないだろう――父の健康状態がどうなっているのか、同じ街に暮らし、たまに人をやって確認させていたエドワードはいちばんわかっている。

「親父ぃぃぃぃぃ!!」

エドワードの絶叫は届かない――けれど、

「――ここで水を差すのはさすがに野暮ってもんでしょ」

すでに動いている人物がいた。

ヒカルはそこで「隠密《おんみつ》」を解いて、横から蹴りを食らわせた。ドワーフは予想外の攻撃を受け、面白いように転がっていく。

ヒカルだってこんなことが起きるとは想定していなかったし、むしろドーマになにかあったら連れ去って、即座にポーラに「回復魔法」を使わせようと思って潜んでいたのだが、結果オーライだ。

(様子を見ておいてよかった)

「――双方、そこまでにせよ！」

と、そこへやってきたのは、冒険者ギルドのマスターであるウンケンと彼が率いる冒険者の集団だった。

「全員、抵抗をやめよ。悪いようにはせん」

「――な、なんで冒険者が⁉」

「黙れ」

わめくエドワードの手下を、ウンケンは拳で黙らせる。それを合図に、完全武装した冒険者たちが襲いかかってごろつきたちを捕縛していく。

集団に紛れたポーラが親指を立ててヒカルに見せる。

（なんとか間に合った）

こういった暴行事件の鎮圧は本来は衛兵の仕事だが、今はポーンソニア王国も混乱しているとあって、多くの兵力が王都に集められている。結果としてポーンドの治安は手薄になる――そこをカバーするのが「バラスト商会」のような存在なのだが、その「バラスト商会」が抗争《ドンパチ》を始めてしまうと誰も止められない。

ヒカルが目を付けたのは冒険者ギルドだ。ギルドが自発的に動くのは街に危機が訪れるようなときしかないが、「依頼」があれば話は別。

ポーラにかなりの金額を預けて「依頼」としてギルドに持ち込ませたのだった――事態の推移を見守っていたウンケンは、ポーラとヒカルの意図を見抜いてすぐに行動してくれた。

「……やるじゃねえか、ヒカル」

ドーマもまた、ヒカルが手を回したことに気づいたらしい。

「最後まで、お前さんには迷惑を……」

「ッ!?　ドーマさん!!」

ふらりと体勢を崩したドーマは、そのまま地面に倒れ込んだ。

ナイフで刺されるまでもなく、ドーマの身体には生命力がほとんど残っていなかった。

第38章　日本への帰還

　サーマルとエドワードへの取り調べが終わったのは日も暮れようとしている時間だった。取り調べは、鎮圧を行った冒険者ギルドから、ポーンドの衛兵に引き継がれていたが、衛兵たちとしても「面倒ごとを持ち込みやがって」というスタンスなのでさほど時間はかからなかったのだ——エドワードが袖の下を渡したというのも大きい。

「て、てめえ、サーマル！　なんでここにいやがる！」

「お前こそ、今さら親父の見舞いかよ」

　エドワードは泥だらけの服に、乱れた頭。サーマルは身体中を包帯でぐるぐる巻きという有様だった。

　衛兵の詰め所から解放されたふたりがそれぞれ向かったのは、ドーマが住んでいるボロ屋だった。そこには多くの人たちが——近隣の住民たちが集まっており、女性の中には布きれを目元に当てて涙を拭っている者もいた。

「——まさか」

「親父!!」

ふたりも、抗争の最後に父が倒れたことを知っている。そして父が、相当の無理をしてあの現場にやってきたことも。

最悪の予感を胸に、ふたりがボロ小屋に飛び込むと――、

「――おう、サーマルとエドワードか」

父が、

「くぅー……やっぱしタバコはうめえなあ」

寝床にベタ座りしながら、煙管《きせる》をふかしているところだった。

「…………」

「…………」

至って健康そうな父の姿に沈黙してしまう兄弟。

「なんでえ、シケたツラァしやがって。てめえらからすりゃ、俺がくたばってたほうがよかったんだろうけどな、まだまだやらなきゃならねえことがあるようで、死神のほうが帰っちまった」

「お、親父……身体は？」

エドワードが聞くと、

「このとおり、元気だ」

「タバコなんて吸ってんじゃねえよ」

サーマルが毒づくと、

「バカ野郎、俺がタバコをやめたら抜け殻だぞ。……ふたりともこっちへ来い」

手招きされ、兄弟はそろりそろりと近づいた。

「座れ」

イスもなにもない地べたに、ふたりはのろのろと座る——と、

「『兄弟は仲良くしろ』。他にたいしたことは教えなかったが、これだけは教えておいたはずだぜ」

握りこぶしを、ごつん、ごつん、とふたりの頭に落とした。

「もうちっとばかし生きろと言われてな……せめててめえらふたりが、独り立ちできるようになるまでは、死ぬには早いかもしれんと思い直した」

「で、でも俺は」

「エドワード」

言いかけたエドワードの頭に、しわくちゃの手が乗せられた。

「……ひとりに任せて悪かったな」

枯れ枝のような指が、エドワードの髪の毛をすいて頭をなでてやる。

「サーマルも。てめえなりに考えて、街を離れてくれたってのに、俺はなーんにもしてやれなかった。すまなかった」

「……親父、俺は」

「いい。俺からの頼みだ……サーマルよ。ここ、ポーンドにいてくれ。エドワードの力になってやってくれ。エドワードには頭がある、サーマルには腕っ節がある。ふたりがいりゃあ、バラスト一家は無敵だ」

「…………」

口を引き結んで頭を垂れたサーマルが、「わかった」と小声で答える。

すでにエドワードはぼろぼろに涙をこぼしていて会話ができる状態ではなかった。

(——よかった)

その様子を、壁一枚隔てた外で見守っていたのはヒカルだった。

ドーマを治療したのはもちろんポーラだったけれど、抗争の最後に倒れ、虫の息となっていたドーマ自らが「治療してくれ」と言ったのには驚いた。

——まだ、息子どもの面倒を見なきゃいけねえらしいや。ヒカルよ、お前さんには治療のアテがあるんだろう？

これまで頑《かたく》なに治療を拒否していたドーマを、なにが突き動かしたのかはっきりとはわからない。でも、それでも、ドーマが生きる動機としたのは息子たちの存在だった。

気を失ったドーマにポーラは「回復魔法」を使った。その後目を覚ましたドーマには「彷徨の聖女」がポーンドに来ていると言っておいた——おかげでポーラは、アリバイ作りのために仮面姿であちこちを治癒して回っている。

(後は僕の仕事じゃない)

バラスト家の男3人は、これで力を合わせてやっていけるだろう。

(僕がやるべきは――)

ポーンドに来たのはテイラー男爵家の借金問題を解決するためであって、バラスト親子が和解したところでその問題は変わらない。ヴィルマが今後も金を借り続けるからだ。もちろんエドワードにヴィルマに今後借金させるなと伝えることはできるだろうが、かといってこれまでの借金はそのまま残る。

(バラスト家をどうやっていくのか、これから話し合いをして行くはずだ。そうなると借金の解消には時間がかかる……返済は必要としても、今までのような無茶な取り立てをしないでくれと頼むことはできるはずだ)

当面の危険は回避されたということになる。

(それなら、僕がやらなければいけないことは、ひとつ)

実はドーマ、サーマル、エドワード……3人の親子ゲンカを見て、ヒカルはひとつヒントを得ていた。

(「四元精霊合一理論」を完成させること――今の僕なら、できる)

ヒカルは明日の朝いちばんで、王都に戻るつもりだった。

◇

「……また、ダメだ」

そうつぶやく少女の肩は、かわいそうなほどに下がっていた。先日買ってきた「クズ石」の山はだいぶ減っており、この数日で何度も何度もアイビーが実験を繰り返していただろうことがわかる。

「どうしてだろう……完璧に、正確に、含有魔力量を測定しているのに術が上手くいかない。やっぱりこの魔術式に問題があるのかな？　でもこんな単純な魔術式をいじったところで……」

「──意味がない」

「!?」

ぎくりとして振り返ったアイビーが見たのは、研究室の戸口にいるヒカル──いつもの仮面を着けた「シルバー」だった。

「シ、シルバー？　帰っていたの？」

「ああ。それで──アイザック。君の実験内容についてもう少し検討が必要なんじゃないか？」

「検討だって……？」

ふう、とアイビーは息を吐いた。

「それなら何十、いや何百回と検討を繰り返したよ。その結果がこの有様なんだ」

「どれ、ちょっと見せてくれ」

「あっ」

ヒカルが近づこうとすると、アイビーは驚いたように身を引いた。

「……ん？　どうした」

「え、ええと、その……この数日、お風呂に入ってなくて」

「なんだ、そんなことか。別にいいだろ、男が風呂になんて入らなくったって——おれは入るのが好きだけど」

「………………」

じとっとした目でにらみつけられ、ヒカルは「？」と首をかしげる。特に変なことを言ったつもりはないのだが。

「あー……それはさておき、続きを話してもいいか？」

「う、うん。それで、なんだっけ。実験器具が見たいの？」

「ああ。これは魔力量を測定する魔道具だな？　かなり正確に測れるようだが」

「……だけどこの線でやってみても失敗ばかりなんだ。やっぱり魔術式がおかしいんだよね」

「違う。魔術式は正しい」

「ど、どうしてそんなことが言えるんだ？」

「君が一度、『四元精霊合一理論』の実験を成功させたからだ」

「あ……」

「そのときと同じ魔術式なのだから、魔術式は正しいんだ。いいか、アイザック。君の大いなるアドバンテージはそこだよ。それがなければ、おれだって支援しようとは思わなかった」

「それは……」

「成功させたんだろ？」

ヒカルの問いに、アイビーははっきりとうなずいた。

「なら、魔術式は間違っていない。間違っているのは魔力量だ」

「…………え？」

今度はアイビーが首をかしげる番だった。

「今、私は言ったじゃないか。この魔道具を使って正確に魔力量を測定しているって。

——あ、もしかして魔道具に不具合が!?」

「違う」

「じゃあなんなの⁉　もったいぶらずに教えてよ！」

　思わず女の子っぽい言葉が出てしまったアイビーはハッとして、

「き、君が意地悪をするのが悪いんだぞ」

「すまないな。そんなつもりじゃなかったんだが……ともかく、魔道具は正しく作動している。問題は使い方なんだ」

「使い方……？」

「これはきっと、多くの魔術学者が勘違いしてきたことだと思う。大体『四元精霊合一理論』なんていう画期的な理論があったら、好奇心のある学者は必ず再現できるかどうかに挑戦したはずだ。この魔道具よりももっと正確な魔力量測定器を使って」

「それは……確かに」

「だけど、全員失敗した。なぜだと思う？」

「わかっていたら、成功しているさ」

　ふてくされたように唇を尖《とが》らせるのを見て、ヒカルは笑った。それはそうだ。

　ヒカルは魔術式に人差し指を乗せた。

「4つの精霊魔法石の魔力量が均等になるように君は置いただろう？」

「もちろん」

「ここまではあらゆる学者が同じことをやったはずだ。だけど、君も含め、全員が見落としていたことがある」

ヒカルが人差し指をそっと離す——その指先をアイビーはじっと見つめている。

「魔術式が影響を受けるのは、精霊魔法石からだけではない。空気中に流れる微細な魔力、そして魔術式を描いた触媒に含まれる魔力、さらには土台とする金属に染みこんだ魔力……これらすべてが複合的に影響し合っている」

「……え？」

「おれにはそれがわかるんだ」

ヒカルの「魔力探知」を限界まで発揮すると、そこに舞い散る光の粉塵のような——魔力を視《み》ることができた。

「魔術式の触媒に含まれる魔力については、式が土台に刻んであるので考慮する必要はないが、空気中に『風』、土台には『土』の魔力が含まれている」

「そんな……」

アイビーは呆然《ぼうぜん》とする。実験器具や空気中に魔力が含まれているなんてことは、理論上では理解していたが「無視できるレベル」だと勝手に考えていたのだ。

実のところヒカルだってそうだ。「四元精霊同一理論」の問題に当たらなければ、そんなことは考えることもなかった。

そして——バラスト一家に出会わなければ思いつきもしなかっただろう。

（エドワードには頭があって、サーマルには腕がある。足りないものは補えばいい。それが家族というもの……）

それを目の当《ま》たりにしたときに、「四元精霊合一理論」は「実験場に漂う魔力も取り込み補う魔術」なのではないかと思い当たったのだ。

魔力は均等に、互いに補い合う。完璧な調和を目指すなら——まさに「理想の家族」のような——あらゆる側面を考慮しなければならないと。

「信じられないか？」

ヒカルの問いに、

「そ、それは……」

「魔術台に置く『風』と『土』の精霊魔法石を、少々削るほうが手っ取り早いだろう」

「………………」

「どうした？　やるのか、やらないのか」

「や、やる。やるよ！」

提示された可能性は、アイビーの頭には「突飛」に聞こえた。だけれどヒカルの見せる揺らぎない振る舞いが彼女の背中を押した。

「どれくらい削ればいいか教えてくれるか？」

「もちろんだ」

ふたりは、実験に取りかかった。

それは、冬の訪れを感じさせる、空気のひやりとする日だった。

テイラー家の屋敷で、ラヴィアは粗悪ですすけた窓ガラスから外を眺めていた。

ポーンドから戻ってきたヒカルからあらかた事情は聞いていた。

(さすがヒカル)

彼の推測が正しければ「四元精霊合一理論」は一気に完成まで進むことになるだろう。

そして、歴史に名を刻むのはアイビー＝フィ＝テイラーとなるはずだ。

(わたしが提案した王国法の改正は、うまく進んでいるみたいだから……)

あれからラヴィアも気になって、ちょくちょく王城へと足を運んでいた。姿は現さず、王国法の改正だけを確認しに。

クジャストリアが請け合ったように、改正の手続きは問題なく進み、年末までには成立しそうだった。

(そうなったらアイビーは自分の性別を偽る必要はなくなる。テイラー家の当主として、堂々と理論の発表をしたらいい)

ラヴィアには魔術のことがよくわからなかったが、クジャストリアが驚愕《きょうがく》し、ヒカルがここまで入れ込んでいるのだから大変な発見なのだろうし、その発見がもたらす経済的な利益についてはよくわかっている。

（アイビーには多額の報奨金や特許料がもたらされ、彼女は魔術界の新星としてもてはやされ、テイラー家は復活する。それはとても幸せなこと……きっとヒカルはそう考えている）

厚着をして表通りを歩く人たちが増えてきた。寒そうに道を急ぐ人たちがぼんやりと見えている。

（……ヒカル。あなたはときに、残酷なことをする）

アイビーとラヴィアは長い付き合いではまったくないけれど、それでもラヴィアは、アイビーが諸手《もろて》を挙げてこの結末を喜ぶわけではないだろうとはわかっている。

自分の手で完成させたかった理論を、ヒカル――シルバーの手を借りて完成させる。

それはいい。

借金を完済できる。

それもいいだろう。

（でも、アイビーは、自分だけの手柄になんてしたくないはず。ヒカルとの共同研究にしたいと申し出るはず。でも……そのときにヒカルは断る。いえ、断るよりも前に姿を消しているかもしれない。アイビーが女の子だということも知らないまま、ヒカルはアイビーの人生から姿を消してしまう）

ラヴィアの口からため息が漏れる。

（……わたしも、そのことをアイビーには告げない。みすみす恋敵《こいがたき》を増やして争いを生み出すほどわたしだってお人好しじゃないし、アイビーだって今、ヒカルと離れたほうが傷が深くなくて済む……）

そのとき、離れた研究室から膨大な魔力の気配が立ち上った。その直後、ヒカルとアイビーの弾《はじ》けるような歓声が聞こえてくる——。

それが「さよなら」と同じ意味であることを、きちんと理解しているのはラヴィアだけだった。

◇

「彷徨の聖女」としてポーンドで治療活動をしていたポーラも王都へと戻ってきた。各国首都での治療活動に比べればポーンドの規模はずっと小さく、問題もなくすぐに終わったという。

ポーラをねぎらうためにちょっといい食事をしようと、個室のあるレストランでラヴィアも含め3人でディナーをとることにした。

「そういえば、あの騒動のあとにヒカル様がすぐにいなくなってしまったので、冒険者ギルドのフレアさんが怒ってましたよ？」

「あー……ははは」

ヒカルは苦笑する。

「そりゃそうだよなぁ……問題を全部放り投げてこっちに来ちゃったし」

「問題というのは、『バラスト商会』のことですか？　先代のお父さんが戻ったので安定したんじゃないでしょうか」

「……いや、ちょっと根が深そうなんだ」

ヒカルはフレアとは話さなかったが、実はウンケンには言付けをしてからポーンドを出てきていた。

あの「親子ゲンカ」があったとき、サーマルが連れてきた部下がドーマを刺そうとした。エドワードたちが武器で戦っているのとは対照的に、サーマルたちは武器を使わず拳でたたきのめしていただけに、ヒカルはそれが気になったのだ。おそらく、エドワードの部下が落とした刃物を拾ったのだろう。

（ドーマさんを「確実に」殺すために刃物を使おうとしたんだ）

ヒカルはそうにらんでウンケンに伝えたのだが、ウンケンも同意見だった。皇国諜報部《ちょうほうぶ》の元エースであり、ギルドマスターも務めるウンケンには独自の情報網がある。どうやらサーマルが王都で接触していた裏社会の人間が後ろで糸を引いているようで、その組織がポーンドも傘下に収めようとしたのではないかということだった。

これについてはあまりにも面倒なので、ウンケンに丸投げだ。きっと「盗賊ギルド」のケルベックも引っ張り出されて対応策を練るのだろうが、そこまでいくともはやヒカルの問題ではない。

「それより、クジャストリア女王には説明したの？『四元精霊合一理論』について」

ラヴィアにたずねられる。

「うん、話した。驚いてたなー」

思わずヒカルは思い出し笑いをしてしまう。「四元精霊合一理論」の実験に成功したと聞いたクジャストリアは、手にしていた羽根ペンを落としてしばらく固まったのだ。

その後、

——どうしてそんな面白そうな実験に、わたくしを連れて行ってくださらないのですか!?

と大声で叫んだのだった。

結果、声を聞いた侍従や護衛騎士が飛んできたので、詳細の説明は翌日に持ち越しとなってしまった。1日ぶん焦《じ》らされたクジャストリアはヒカルがたずねて行くと最初から涙目だったが、それはヒカルが悪いのではないので勘弁してほしいところだ。

「四元精霊合一理論」の詳細、そして完成に導いたのはアイザック＝フィ＝テイラーの功

績であると説明すると、クジャストリアは、

――ああ……なるほど。そういうことですか。

と言ったがヒカルはなにに納得されたのかよくわからなかった。

ヒカルだけがいまだにアイザックがアイビー（女性）であることを知らないのだと、クジャストリアも思い当たったのである。

「『四元精霊合一理論』の実践は、僕の『魔力探知』があればすぐにできるけど、既存の測定機器ではダメだね。あれは4種の精霊魔法石の魔力を掛け合わせて、指数関数的に魔力を増大させるものだから、空気中に漂っている魔力も無視できない誤差になってしまうのが原因で、これまで実験がうまくいかなかったんだ。アイザックにはこれから空間魔力測定とか、そっちの研究をしてもらうことになると思う」

「……すぐには手柄にならないということ？　信用されていないの？」

「いや、ごくごく小さいものだけど、女王陛下の前で実際にやってみせたから、陛下は信じてくれたよ。だからテイラー家への援助と、アイザックの王立魔術研究院での雇用も約束してくださった」

「じゃあ、後は借金の問題？」

「うん。だけど本来これはヴィルマが返すべきものだから、『バラスト商会』に連絡してみてくれるって」

「えっ、陛下が？」

「陛下が請け合ったけど、実際には臣下の誰かがやるんだろう」

落としどころとしては半分はテイラー家で支払うことになり——それはアイビーの給金から天引きされる形で——残り半分は「バラスト商会」の責任においてヴィルマに請求することになるだろうとクジャストリアは言った。これは貴族の信用に関わる問題なので、借金を返さないと、今後他の貴族が借金をしにくくなるという。

いろいろと問題が片付いたこともあり、3人は食事を楽しんだ。

だけれど、純粋に楽しんだポーラとは違い、ラヴィアとヒカルはどこか浮かない顔をしている。ポーラは、アイビーが恋敵《こいがたき》になり得るとラヴィアに聞かされたから、ラヴィアの気持ちが晴れない理由はわかっている。だけれど、ヒカルが沈んだ様子でいる理由がわからなかった。

「さて、そろそろ出ようか」

レストランを出ると、すでに外は暗くなっていて寒かった。人通りは少なく、宿まで近いからと3人で歩いていく。

「もしかしたら、なんだけど……『四元精霊合一理論』はもうひとつの副産物をもたらすかもしれないんだ」

歩きながらヒカルは言った。

「副産物？」

「どういうことですか？」

「……ずっと考えていたんだ。『世界を渡る術』はどうして不完全なのか、って。こちらから向こうには行けるのに、向こうからこちらに来られないのは理由があるはずだと。可能性のひとつとしては、『こちら側でしか魔術を実行していないこと』だった」

「なるほど……。同時に向こうでも同じ魔術を実行すれば、相互に行き来できるということ？」

「そのとおり。でもそれは検証不可能だと思われる」

「どうして？」

「僕は『世界を渡る術』を実行したときに、魔力の動きをつぶさに観察したんだ。すると……向こうの世界、僕がいた日本には『魔力がまったくない』みたいだった」

　空を見上げると、青白い月が出ていた。

　それは、セリカの精霊魔法が衰えていることからも説明できる。

　こちらの世界で休息を取れば魔力が回復するのも、空気中や食事などに魔力――その微粒子である魔素が含まれているからなのだろう。

　やがてセリカは、地球では精霊魔法を使えなくなるかもしれない。

「『世界を渡る術』は『世界に魔力がある前提』で発動しているんだ。だから、向こうに魔術式と触媒を送っても実行できないと思う」

「でもやってみないとわからないんじゃ？」

「うん。やってみる価値はあると思ってる。——でもそれより、『世界を渡る術』を相互通行可能にする別の仮説に思い当たったんだ」

　するとラヴィアが「あ」と声を上げた。

「もしかして『四元精霊合一理論』を使って？」

「正解。元々『世界を渡る術』では精霊魔法石を使っていたけど、あれは術を実行するのに必要な魔力を抽出するためだけに使っていたんだ。でもよくよく考えれば、精霊魔法石には属性があるだろ？　その属性に問題があるんじゃないかと思うんだ」

　精霊魔法は4属性あるのに、「世界を渡る術」で使っていたのは1属性だけ。

　この「世界」と向こうの「世界」をつなげる術——つまりこの「世界」を体現する魔術でなければならないのに、たった1属性しか使っていないのならば不完全になるのも当然ではないか。

「『四元精霊合一理論』によって、すべての属性を混ぜた魔力を扱うことができる……そうすれば、『世界を渡る術』は完全なものになる。こちらの世界と向こうの世界——日本と行き来が可能になる……」

　ヒカルはぴたりと足を止めた。

「……かもしれない」

石畳で舗装された大通りに、魔導ランプによる街灯が冷たく白い光を降らせている。

正面、遠くに王城が見える交差点だ。

「…………」

言おうとした言葉を、ヒカルは呑《の》み込んだ。

どう説明していいかわからなかった。

「……日本に帰りたいの？」

するとラヴィアが言い、ポーラがハッと息を呑んだ。

「違う。……いや、違わないのかな」

振り返り、ラヴィアとポーラを見るヒカルは浮かない顔で、迷いが表れていた——それを見てまたポーラが驚いている。きっと彼女の中でヒカルは、いつも冷静沈着で迷いなく行動する男に見えているのだろう。

（……迷って、悩んで、戸惑ってばっかりなのに）

内心苦笑しつつ、ヒカルは言う。

「もし僕の推測が正しくて、向こうと行き来できるようになったとしたら——」

そんな迷いも、悩みも、戸惑いも、このふたりには隠したくない。

「親に会ってこようと思うんだ」

それは急な意識の変化ではなかった。

きっと、ずっと心の奥底にあってヒカルがなるべく考えないようにしてきたこと。

向こうに置いてきた家族がどうなっていて、自分がどう心にケリをつけるべきか。

踏ん切りがついたのはやはり、今回の一連の騒動だった。

迷惑ばかり掛けてくる義母を恨むでもなく、目の前の研究に没頭していたアイビー。

補い合って生きていくのが「家族」だという信念の、ドーマ＝バラスト。

実の娘であるラヴィアを「籠の鳥」として扱い、利用することしか考えていなかったモルグスタット伯爵。

娘の自由と、正しい道を歩むように願っているポーラの父。

両親の復讐《ふくしゅう》に最後の力を使い、ヒカルをこちらの世界に連れてきたローランド。

偉大な父の背中を追いかけていたジルアーテ。

狂気の父と真逆を行くクジャストリア。

ルヴァインの親はどうだったのだろうか。ゲルハルトはどうか。カグライやクツワにも親がいるはずだ——カグライの叔父は悪帝だったが。

（僕の両親は僕に無関心だった——）

と、思っていた。

（そうじゃない。僕も同様に、両親に無関心だったんだ）

そこにようやく気がついた。

ヒカルは、ラヴィアとこの世界で生きていくと決意した。だったら――せめて、父に、母に、それを伝えなければいけないのではないか――。

親に会ってくる、とヒカルはラヴィアに、ポーラに言った。

聞いたふたりは、

「うん。できるならわたしもご挨拶したいけど」

ラヴィアはにっこりと微笑《ほほえ》み、

「すばらしいことだと思います！　私も、お父さんに会いたくなりました」

ポーラも賛成した。

（話してよかった）

心の隅にあった氷が、じわりと溶けるような温かさをヒカルは感じた。

おなじみの、使われていない倉庫へとやってきた。「世界を渡る術」を実行するためだ。

「やり方を覚えてほしいんだ。と言ってもそう難しいことではないけれど」

もし日本との行き来が可能になった場合、こちらに残るポーラには再度「世界を渡る術」を実行してもらい、ヒカルがこちらの世界に戻る手助けをしてもらう必要がある。

「は、はい……！」

「と言っても、順番に触媒を置いていくだけだけど」

で書いていたというのだから、彼女も彼女でアイビーと同類の魔術マニアのようだった。

魔術式の書かれた紙はすでにクジャストリアが数枚用意していた。激務の合間の息抜き真剣なまなざしでヒカルがやっていく手順を確認するポーラ。魔術式はすでにうっすらとした光を放っている。

「あとは『四元精霊合一理論』に基づいて、この魔術式と精霊魔法石を組み合わせる」

いつもならドンと大きな精霊魔法石を置く場所に、小さな紙に書かれた素朴な魔術式を

ラヴィアとポーラのふたりを下がらせると、ヒカルは精霊魔法石を4つ、置いた。

「それじゃ、やってみよう。ふたりとも離れて」

た大きくなるが早いぶんには構わないはずだ。

異世界の存在が知られ、大騒ぎになっている向こうでは、期日より遅くなれば騒ぎもま

にやってくれって言われてたけど、10日前でもいいよな」

「……前回この術を使ってからもう20日か。1か月ぴったりじゃなく3日前から1週間前

を何セットか用意して地面に並べておく。

ヒカルは周囲の魔力量を測定し、精霊魔法石を分類する。魔術式と4種類の精霊魔法石

——「四元精霊合一理論」の式が書かれた紙を置く。

魔術式の書かれた紙が燃え上がり、灰となって消えていくのだが、式だけがオレンジ色の光となってその場に残り、４つの精霊魔法石をつなぐ。

「わあ……きれいね」

「すごい力を感じますっ……！」

この魔術を初めて目にするラヴィアとポーラが声を上げる。

「火」の精霊魔法石からは赤い光が、「水」からは青い光が、「風」からは緑の光が、「土」からは黄の光が柱のように立ち上る。

しかしそれも一瞬のことで、光は互いに引き寄せられ、ねじれると、真っ白な光の柱へと変わった。

それは直視できないほどのまばゆさだ。

これほどの力を、「クズ石」と呼ばれる精霊魔法石が持っていると誰が思うだろう。

「『世界を渡る術』が発動する！」

今までの術は精霊魔法石の属性に応じた反応があった。「風」ならば大風が吹いたし「土」ならば岩石柱が現れた。

しかし今回は、「世界を渡る術」の魔術式全体から光が立ち上り、倉庫内を白く染め上げる。めりり、という生木を裂くような音が聞こえ、空間に亀裂が入っていく。

（前回までの「世界を渡る術」とは全然違う……不安定な感じがまったくない。魔力も安

とてつもない量の魔力を生み出すことができるのだ。

ラグビーボールや一抱えもあるほどの大きさの精霊魔法石を使っても数秒しかこじ開けられなかった扉。こんな「クズ石」でも4種の精霊魔法石をうまく掛け合わせることで、とてつもない量の魔力を生み出すことができるのだ。

亀裂が広がり家の扉ほどにまでなると、そこに見えたのは――、

「え？」

唖然《あぜん》とした顔の、セリカだった。

ピンク色にドット柄のベッドカバーが掛けられたベッドに、同じ柄のカーテン。マンガがいっぱい収まった本棚、真新しいテレビと――小さいながらも女の子らしい部屋。

いたのはセリカだけではない。

「おや、ヒカルくん？」

セリカと同じパーティー「東方四星」のソリューズだ。彼女の隣にはシュフィとサーラ。つまり「東方四星」が勢揃《せいぞろ》いしているのである。

さらに言えば彼女たちは全員、パジャマ姿だった。

同じストライプ柄の色違いで、ソリューズが黄、シュフィが青、サーラが緑でセリカが赤。精霊魔法石かな？　と一瞬ヒカルが思ってしまうのも当然だろう。

「な、な、なんでもう開いてんのよ!?　パジャマパーティーやってるところに入ってこな

いでよ!?」

「早い分にはいいかと思って」

「いや、だってさあ――え」

そこではたとセリカが止まる。

「こ、声……聞こえてるの!?」

ヒカルはうなずいた。

「そっちから戻れるはずですよ。試してみます――うわっ」

ベッドに座っていたサーラが裸足《はだし》でジャンプしてきた。彼女はふわりと、体重を感じさせない身のこなしでヒカルの横に着地する。

「ほんとだー!?　帰って来られるじゃないか～！　っていうか全然これ閉じないねえ」

「新しい技術を使いました。とは言っても1分か2分が限度だと思いますけど」

「ふーん」

言いながらサーラはまた向こうの部屋に戻り、ぱしぱしと自分の足の裏を払った。

「……あれ？　こっちに帰って来ないんですか？」

「ん？　ウチはセリカが帰るときにいっしょに行くにゃ～～」

ヒカルがセリカへと視線を向けると、

「お……驚いちゃって思考停止よ！　ていうか、よく考えたら自由にそっちとこっちを行き来できるようになったってことよね！」

「そうじゃ――」

「そうではないよ」

ヒカルが言う前にソリューズが否定した。

「世界を渡る術」は魂と魂の結びつきによって、渡る先が決まる。これまで葉月の近くにつながったことからも明らかだ。つまり魂が通い合う者たちの誰かが、必ずどちらかの世界に残らなければならない。

それにこのクズ石のような精霊魔法石だって、ヒカルが「魔力探知」で魔力量を確認できるから「四元精霊合一理論」によって使えたのであって、まだまだ実用的とは言えない。

後者はともかく前者の理由についてソリューズはすでに気づいているのだろう。

「そうなの!?　どうして!?」

「――それを説明するには少し時間が足りないんです。さあ、ラヴィア」

「ん」

ヒカルはラヴィアと手をつないで――世界を越えた。

「え」

セリカが、シュフィが、サーラが目を見開き、ソリューズだけは楽しそうに口元をゆがめた。

「セリカさん、ひとつお願いがあります」

「え、え、え、なに!?」

「一度向こうの世界に戻って、1時間後にまた術を使ってください」

「え!?」

ヒカルはセリカの手をつかむと亀裂の向こうに送り出した。

亀裂は少しずつ閉じようとしている。

「ポーラ——あとはお願い」

「はい！」

「ええ〜〜〜〜!?」

亀裂はぴたりと閉じられた。

◇

セリカが向こうの世界で「世界を渡る術」を使わないと術が作動しないことを説明するまでもなく、「東方四星」の3人はなんとなく察してくれたらしい。よくわかっていないのはセリカだけだったようだ——事情については教えておいたので、ポーラがちゃんと説明してくれるだろう。

「ふたりで街を歩くのかい？　その格好で？」

「少し見ない間に、ソリューズさんはずいぶんこちらの世界に毒されたようですね」

「この世界はすばらしいね。安心で、安全で、ほこりっぽくない」

ソリューズの肌つやはよくなっていて、いつもシニョンでまとめている金髪は光沢を放って背中に流れている。

そういえば、とヒカルは思い返す。ソリューズはふだんから清潔感のある服装だったけれど、あれは「冒険者風情《ふぜい》」と舐《な》められないようにしているのかと思っていた。もしかするとそれだけではなく、ソリューズ本人にも潔癖なところがあるのかもしれない。

「わたくしはこのマンガがとても気に入りましたわ」

シュフィは手にした少女マンガを見せてくる。ピカピカの新品だ。

「えーっと……日本語わかるんですか？」

「わかりません。ですが、絵を眺めているだけでもすばらしい出来だと理解できますもの」

「そ、そうですか」

向こうの世界ではナイトブレイズ公爵の息子であるガレイクラーダがシュフィを探しているのだが、うっとりと少女マンガを眺めているシュフィには言えないなと思った。

「それじゃ僕らは行ってきます――1時間後にはここに戻ります」

「ここがどこかわかるの？」

サーラが聞いてくる。

「見当はつきます」

「そっかそっか。ウチはこれから観たいドラマがあるからソリューズに案内させようかと思ったんだけどにゃ～」

「私はさっきお風呂に入ったばかりだからイヤだな。どうしてもと言うのなら考えるけれども……」

「だ、大丈夫です」

なんだかやたらと日本に適応している3人である。ヒカルとラヴィアは土足で来てしまったことを謝って、その部屋から外へと出た。

そこはマンションの一室だった。

高さは4階ほどで、見覚えのある光景が広がっている。

（帰ってきたんだな……ほんとうに）

込み上げる感情はあったけれどそれを楽しむ余裕はなく、これから自分がやろうとしていることを思うと心は苦しい。

時刻は夜の10時に近い。

両親は家にいるだろうか。仕事一筋の父はわからないが、母は確実にいるだろう。

「ヒカル――」

マンションの通路の手すりをつかんで夜景を眺めているヒカルの背中に、ラヴィアが声を掛けようとしたときだった。

エレベーターの扉が開いて、ひとりの少女が出てきた。

『……ッ！』

どこか浮世離れしたような目は、今ばかりは驚きに染まっている。薄い唇と白い肌は「薄幸の美少女」という言葉を連想させるが、ヒカルの知る限り彼女はいつだって自分の欲求に忠実に、そしてひっそりと生きていた。

クセのない黒髪をすとんと下ろし、カーディガンを羽織ったその姿は、近所からちょっとそこまでとばかりに足を運んできたというスタイルだ。セリカの部屋を訪れるのだろうか。

『葉月先輩』

胸からあふれてきた感情をなんと言えばいいのだろうか。

（――ああ）

中学時代にこの人に出会わなければきっと自分の性格は違うものになっていたとヒカルは思う。色彩を失った家と学校で、この人だけはカーテンの隙間からこぼれ落ちる一筋の

光のような存在だった。

(これが「懐かしい」って気持ちか)

あふれてきた感情の名前に、気がついた。

『お久しぶりです』

口にした日本語が、不思議なほどに唇に慣れない。

『ヒカルくん……本物?』

『はい。服装は変わってますけどね』

『……そっか。大きくなったね、君は』

『え。身長はそう変わっていないと思いますけど』

『違うよ』

ふるりと葉月は首を横に振った。

『存在が大きくなったんだね。——あなたのおかげ、かな』

葉月の顔がラヴィアへと向いたけれどラヴィアは日本語がわからない。

『はい。そうだと思います』

ヒカルはラヴィアを見つめ——戸惑った視線を返されたけれど——微笑《ほほえ》んだ。

それだけで葉月はすべてを察してしまったのかもしれない。ヒカルがここに「なにをしに」来たのかを。

『行っておいで。ヒカルくんの家は今も変わらない場所にあるから』

『行ってきます』

ヒカルは葉月の横をすり抜けて、まだ止まっていたエレベーターにラヴィアとともに乗り込んだ。ボタンを押すとエレベーターが降りていく——その様子にラヴィアはおっかなびっくりしている。

「ヒカル。今の人って……」

「葉月先輩。僕が、この世界でとても……とても、お世話になった人」

なんと説明すればいいかわからなかった。

葉月がいなくても生きていけただろう。だけれどそれは味のしないパンを食べるか、望む食事を好きにとるかというくらいの違いがあった。

世の中の多くに興味を失っていたヒカルにとって、葉月は存在そのものが興味の対象だった。死後に異世界へと転移しても、葉月を思い出したからこそ心が折れなかった。

だから「お世話になった」という言葉しか浮かばなかった。

言葉を尽くせば正確に伝えられるかもしれないけれど、聞いたラヴィアは誤解するかもしれなかった——「ヒカルは葉月を好きだった」のだと。

（好きだったのかと聞かれれば好きだった。でも、どうしても手に入れたいほどに恋い焦がれていたのかと言われればそんなことはなかった……そんな思いが自然に胸に収まるよ

うな人が葉月先輩なんだ)

実際にヒカルは1歳上の葉月が高校に入学してからは会おうともしなかったし、異世界でラヴィアと出会ってからは明らかに葉月を思い出す回数が減った。

(……うまく言葉にできないな。でも、それでいいんだ)

エレベーターが1階に着いて、ドアが開く。

「――さあ、行こうか」

「ん」

いくら夜とはいえ、外を歩く人はまだまだいる時間だし、日本で冒険者スタイルはあまりに目立つ。

「隠密《おんみつ》」は問題なく発動できた。

セリカが借りていたマンションはヒカルの家からすると隣町にあったが、10分も歩けば着くような距離でもあった。

夜でも明るい街並み、どこまでも途切れることのない舗装された道路、走り抜ける車、つるつるした薄い板を耳に押しつけて話している人――ヒカルにとってはそれらすべてが懐かしく、陳腐で、ラヴィアにとってはすべてが珍しく、そして新鮮だった。

駅前の繁華街から離れると住宅街はひっそりとする。

小さな公園の隣にある4階建ての低層マンションが、ヒカルが暮らしていた家だった。

「…………」

不意に、心臓を金づちで打たれたような衝撃があってヒカルは立ち止まった。なにが起きたのかと周囲を見回す——それが自分の「心」によるものだということに一瞬気づかなかった。

帰りたくないと、身体が反応したのだ。

かつてのヒカルは、学校から帰っても自分の部屋にこもって過ごしているだけだった。父や母と会話した内容を思い出そうとしても思い出せない。

「……ヒカル」

足が動かなくなったヒカルの手を、ラヴィアがぎゅっと強く握る。

「ごめん。思ってた以上に、つらいな」

逃げ出したかったのだろうか、この家から。

だからあの日の夜もコンビニに行って時間をつぶしていたのか——帰り道にトラックにはね飛ばされて、「自由になれる」とでも思ったのか。

「行かなくてもいいんだよ、ヒカル」

ラヴィアが自分の前に回り込んで、ぎゅうと抱きしめてくれた。

「！」

重たい思考に引きずられそうな自分が浮上してくる。彼女の身体が触れたところから血の巡りがよくなっていくように感じられた。

「でもね……わたしは、ヒカルのお父様とお母様に会ってみたい」

ラヴィアの境遇を思い返す。

それに比べれば——比べるものではないのだとしても、

（……僕はなにを小さなことに悩んでいたんだろう）

たいしたことはない。

鉛の身体が不意に軽くなって、背中に羽でも生えたような気さえした。

「そう……だね。少なくとも君を紹介しないと、ここに来た意味がない」

ヒカルが答えると、ラヴィアはそっと身体を離した。

「……ん。でも無理はしないでね？」

「平気だよ。死ぬわけじゃないし」

異世界で経験してきた死ぬような戦いは、確実に自分を強くしたはずだ。

再び歩き出しながらヒカルは言う。

「……ありがとう、ラヴィア」

ラヴィアは手を握り返すことで答えた。

マンションの敷地内に入ると様々な記憶が一気によみがえる。

駐車場でボール遊びをして怒られたこと。階段でシャボン玉を飛ばしたこと。ガラの悪い上級生がたむろしていたから迂回《うかい》して家に帰ったこと。コンビニで買ってきたお菓子をひとりで食べた屋上……。

記憶が感情を揺り動かすけれど、ヒカルはもう動じなかった。つないだ手の温もりが今自分のいるべき場所だとわかっているからだ。

マンションのエントランスはオートロックだったが、たまたま住人がいたのでいっしょに入っていった。「隠密《おんみつ》」のおかげでまったく気づかれない。

家がある最上階、４階の通路は静まり返っていた。それなりに高級な造りなので他の部屋の騒音はもちろん、通路にも音は漏れ出てこない。

「ここだよ」

「…………」

家の前にたどり着くと、ヒカルよりもむしろラヴィアが緊張しているようだった。

「どうしたの？」

「えっと……その、わたし、こっちの言葉を話せないからなにを言われるかもわからないし……気に入られなかったらどうしようって不安で……」

「それは大丈夫だよ」

「どうして断言できるの」

「ラヴィアの魅力は誰にだって通じる。通じなければ、通じない相手のほうが悪い」

ヒカルが大真面目に言うと、

「……もう！」

ばしばしと背中を叩《たた》いてきた。恥ずかしいらしい。

ふっ、と小さく息を吐いてヒカルは玄関のチャイムを押した。「隠密《おんみつ》」は電気製品を欺けるのかという実験をしたい気持ちに駆られたけれど、それをやるのは今ではない。

『…………っ⁉』

応答したインターフォンの向こうでくぐもった声がする。現代日本では怪しさ極まりない格好ではあったけれど、すぐにヒカルとわかったのだろうか。

じきにドアのカギを開けるガチャガチャという音が聞こえた。

ドアが開かれた。

ヒカルは——驚いた。思っていたのと違う人物が出てきたからだ。

見たことのないスウェットの上下を着た、メガネをかけたくたびれた中年男性——中身は、明らかに父だとは思うのだが、こんな姿を見たことがなかったのだ。

父が帰ってくるのはいつも終電間際で、朝出勤するのも早く、スーツを着ているイメージしかなかった。

『ヒ、ヒカルなのか……？』

『うん。そうだけど、その格好は――』

父は裸足《はだし》のまま通路に出てくるとヒカルの身体を引き寄せ、抱きしめる。力一杯。その拍子に眼鏡が落ちたことも気にせずに。

『ヒカルッ……!!』

絞り出すような父の声を聞いて思わず呆然《ぼうぜん》となった。これが……自分の父なのだろうか。自分に対して常に無関心で、たわいない雑談すらしたこともなかったのに。

「え……」

予想もしていなかった。こんなこと。抱きすくめられるだなんてことは。だからヒカルの頭の中も真っ白になる。

『いったいなんの騒ぎなの――』

開きっぱなしの扉の向こう、奥から出てきた母は、父に抱きすくめられたヒカルを見るや絶句した。

『あ……あ』

そうしてその場にへたへたと座り込んでしまった。

父も、母も、他ならぬヒカル自身もどうしていいかわからないまま――その場で数分を過ごすことになったのだった。

『……驚いたよ、お前が急に帰ってきて』

最初にヒカルの思考が元に戻り、父と母を促して家に入った。それから母がお茶を淹《い》れてリビングのテーブルを囲んで座る。ラヴィアもついてきたが彼女に対してはなにも言わずにヒカルと同じようにお茶を出してくれた。

『でも、もしかしたらという思いはあったんだ……いまだにヒカルが死んだなんて信じられなくてな。遺体の損傷もひどかったし、着ていた服は確かにヒカルのもののようではあったけど、確信が持てなかった』

父は――ヒカルの記憶よりも10歳は老けたように見える父は言った。

（父さんだけじゃない、母さんも……）

白髪が増えたせいなのか同じように老け込んで見えた。

『実は――詳しい話は僕にもよくわからないから言えないけれど、でも事故に遭ったのは僕で間違いないよ』

『どういうことだ？』

『言ったとおり、僕にもよくわからないんだ。ただ、僕は異世界に行っていた』

魂やら魔術の話をしても理解が得られるわけもないので「よくわからない」で通すことにした。

『……そうだったのか。田之上芹華という女の子がいてね、今世界を賑《にぎ》わせているのだが、彼女も異世界に行っていたという。もしかしたらヒカルも……と思わないではなかった。だがそれもあまりにも突拍子《とっぴょうし》もないことだったし』

『芹華さんとは向こうの世界で会ったんだ。それで、こちらの世界に渡る方法を探した』

『やはり、そうだったのか』

『うん』

『…………』

『…………』

『…………』

『…………』

テーブルを沈黙が支配する。ヒカルもなにを言っていいかわからなかったし、両親もなにを聞けばいいのかわからないようだった。

父が、ふと視線をラヴィアに向けた。

『なんにせよ戻ってきてくれてよかったよ、ヒカル。それで……そちらの子は？　海外の子のようだけど』

ヒカルはちらりと隣に座るラヴィアを見た。冒険者スタイルのラヴィアがマンションにいるのがなんともおかしな感じがする。

こんなふうに歓迎――きっと「歓迎」と言っていいのだろう――されるとは思わなかった。自分の決意を告げれば父も母も驚き、傷つくかもしれない。

(でも、ラヴィアの話をする前に……言っておかなきゃな)

ヒカルは隣に座るラヴィアの手を、そっと握った。

『……ごめん、先にひとつ話しておかなきゃいけないことがあるんだ。僕はこちらの世界には戻らない。向こうで生きていくと決めたから』

『!』

『――なんでそんなことを⁉』

父は目を見開いたが、母は声を上げて立ち上がった。

『ヒカル。せっかく無事に帰って来られたのに、またどこかに行ってしまうと言うの⁉ どうしてなの⁉』

『母さん、落ち着きなさい』

『落ち着けないわよ！　あなたからもなにか言ってよ‼』

『ヒカルだってなんの考えもなしに言ったことじゃないはずだ――そうだろう？』

父の言葉に、ヒカルは戸惑いがちにうなずいた。

自分の記憶の中の両親と、今目の前にいるふたりがなかなか合致してくれない。

両親とこんなに会話をしたことも、感情的になったふたりを見るのも、いつ以来のことか――思い出せないくらいだ。

『……その子と関係があるの？』

母がラヴィアに視線を向け、ヒカルはハッとした。

ラヴィアは母に見つめられて背筋を伸ばしている。日本語がわからないとは言っても、剣呑《けんのん》な雰囲気で自分を見つめられれば、なにか自分に関わる話がされていることくらいわかるだろう。

ラヴィアは、ヒカルの両親に嫌われないか心配していた。

ここに来る背中を押してくれたラヴィアを傷つけたくない――ヒカルがなにか言おうと口を開くより前に母は、

『はぁ……血は争えないわね』

深いため息を吐いた。

『……え？』

なぜそこでため息？　とわけがわからないヒカルに母は言う。

『私とお父さんの結婚に親戚一同反対してね、お父さんは「それなら駆け落ちする」って言って何年も母さんの実家に連絡取らなかったの』

『は？』

唐突な話題の変化、さらには初耳もいいところだった。というか、「家庭内不和」のモデルケースみたいなこの家族にそんな過去があったなんてヒカルは想像だにしなかった。

しかし思い返してみると、確かに幼いころ、父方の祖父母の家に行ったことはあったが母方には行かなかった。小学校の低学年になってから行ったときには泣いて喜ばれた――今になって思えば、初めて孫に会えたのがうれしかったのだろう。

その後は、夫婦仲が冷たくなり、祖父母宅にも行かなくなったのだが。

『それ、知らなかったんだけど……』

『……そんな話、子どもにするものじゃないからな』

難しい顔で父が言う。

『いやいや、それならなんでふたりは口を利かないくらい仲が悪くなったの。駆け落ちするくらいのカップルだったんでしょ？』

『それは……』

父が口ごもるとまたもや母が、

『お父さんが浮気したのよ。会社の女子社員と』

『えっ――はぁ!?』

マジか。そんな人だったのか、とヒカルが父を見ると、

『だからそれは誤解だって……何度も説明しただろ』

『甘ったるい声で電話かかってきたんだけど？』

『罰ゲームの一種だったんだよ。私は会社で嫌われているから』

『へえ、罰ゲームねぇ〜？』

『あのなあ、お前だってなあ、実家から何度も帰省しろと言われて俺にプレッシャーを掛けてきたじゃないか。それで俺が忙しいと言ってケンカになって、それで俺の話をちゃんと聞かなかった』

『すぐに私が悪いって責任転嫁するのね』

『そうじゃないだろ――』

『わかった。わかったから。ラヴィアの前でみっともない姿見せないで』

ヒカルが間に入ると、ふたりは気まずそうに黙りこくった。

『……ともかく、母さんの実家とせっかく仲良くなれそうだったのに、浮気疑惑があってふたりはケンカしたんだね？　それでお互い口を利かなくなった』

『疑惑と言うな、あれは事実無根で――』

『父さん。今は事実確認してるだけだから余計な口を挟まない』

『……わ、わかった。そのとおりだ』

ヒカルににらまれ、父はうなずいた。『ヒカルはこんなに迫力があったか？』『すっかり大きくなって……』なんて両親がこそこそ話している。

『僕は誤解していたみたいだ。父さんも母さんも、家族に興味がなくなってそれぞれの人生を生きると決めたんだと思った。だから僕がいなくなっても、悲しむどころかせいせいしたんじゃないかって思っていたんだ』

『そんなこと――』

『ないわよ！　あなたがいなくなって、あなたがどれだけ大切だったのか思い知ったのよ……』

『僕は、ほんとうはこっちの世界にはもう一歩も戻らないつもりだったんだ』

ヒカルが言うと、父も母も、黙り込んでしまった。

父は深くなった眉間の皺《しわ》をますます深くし、母は目にうっすら涙を浮かべて震えている。

ややあって、父が口を開いた。

『……ヒカル、ごめんな。父さんも母さんも、お前の言うとおり自分のことしか考えていなかったところはあったと思う。だけどお前が大事じゃなかったわけじゃない』

『そうよ。だから、あなたがいなくなって……悲しくて悲しくてたまらなくて、どうしてもっとあなたに話しかけなかったんだろうって後悔して』

母の目からぽろぽろと涙がこぼれる――ラヴィアがそっとハンカチを差し出すと、母はちょっと驚いてから、微笑《ほほえ》んでそれを受け取った。

『ヒカル、こちらの子は……ラヴィアさんというのかい？』

父にたずねられ、ヒカルはうなずいた。

『うん。彼女はラヴィア。僕にとって、このふたつの世界でいちばん大切な人』

その率直な言い方に父は目を瞬《またた》かせ、それから微笑んだ。

『そうか――いい人を見つけたね』

『ラヴィアは日本語を話せないけど、どうしても父さんと母さんに会いたいと言うから連れてきたんだ』

『こんな可愛い子をどうやって見つけたの？　異世界ってところはそんなに可愛い子がいっぱいいなの？』

ハンカチを渡されたことでラヴィアの好感度が上がったのか、母はテーブル越しにラヴィアの手を握りながらそんなことを聞いてくる。

「？　？」

ラヴィアは苦笑しながらどうしていいかわからず、母とヒカルの顔を視線が行き来している。

『……話せば長くなるんだけど、僕はそろそろ行かないと』

『もう行ってしまうのか』

『えっ』

喜びから一転して、絶望を漂わせた両親の表情にヒカルは罪悪感を覚えるが、セリカの家に戻ることを考えるとそろそろ限界だ。

『……そんなに時間はかからないと思っていたから。滞在予定は短くしていたんだ』

こうなることがわかっていたら1時間と言わず2時間とか3時間、あるいは翌朝にという予定にしていただろうけど。

『そう——そうよね……』

明らかに落ち込んだ母の目に涙が浮かんだのを見て、ヒカルは思わず、

『ま、また来ることはできるから』

『そうなの!? そう言えば、月に1回異世界への扉が開くってテレビで言ってたわね』

『えーっと……今後はたぶんそうじゃなくなると思うけど、日にちを決めて、また来ることはできるから』

『いつでもいい』

父が口を挟んだ。

『いつでもいい……お前が帰ってきたくなったときに来てくれ。ここはお前の家なんだから』

『なにカッコつけてるのよ。あなた、ヒカルが死んじゃってから、会社も無断で休んでクビになるし、呆然《ぼうぜん》として部屋にこもっていたくせに』

ヒカルが驚いて父を見ると、父はばつが悪そうに、

『……お前だって泣き崩れて、大変だったじゃないか。でも……私と母さんとの間にあった、長年のわだかまりみたいなものは気がつけばなくなっていたんだよ。皮肉なことにな……大切なものを失わなければわからないなんて、親失格だと思った。すまなかった。ヒカル……私はお前にずっと謝りたかったんだ。こんなふがいない父親ですまなかったと。そしてできることなら……もう一度親子としてやり直したい』

やり直す。

もう一度、親子になる？

『ヒカル……あなたが生きていてよかったわ。ほんとうに。それにごめんなさい……私もまともな母親じゃなかったと思うの』

頭を下げるふたりに、ヒカルはどうしていいかわからなくなる。

こんな展開は望みもしなかったどころか、可能性のひとつとして考えもしなかったからだ。

『……もう、行かないと』

それしか言えなかった。

このままここにいたら、頭がどうにかなりそうだったし——気を抜けば泣いてしまいそうな自分がいたのだ。

『ヒカル』

すがるような父の目に、ますますどうしていいかわからなくなったヒカルは、

『また来るから。そのときに話せばいいから』

問題を先送りするように告げて立ち上がる。

だが、両親にとってはそれでも十分な言葉だったのだろう——ふたりともぱぁっと表情が明るくなる。

「ラヴィア、帰らなきゃ」

「う、うん。……もう、いいの？」

「大丈夫。君のことはふたりとも気に入ってくれたよ」

「！」

ぱぁっとラヴィアの表情が明るくなる。

彼女は立ち上がると冒険者スタイルには似合わない貴族の礼をとる——スカートをつまんで一礼する。

「ラヴィアです。ヒカルのお父様とお母様に会えて光栄です。日本語も勉強するので、正式なご挨拶はそのときにさせてくださいませ」

いくら「籠の鳥」だったとしても、貴族としての礼儀作法は教わっていたラヴィアだ。その優雅な仕草にヒカルの両親は、

『も、もしかしてすごい富豪のお嬢様なのか？』

『見た、あなた!? なんて可愛らしい子なの！』

あわてたりはしゃいだりしている。

（こんな人たちだったっけ……）

とヒカルは思いつつ、

（いや、こういう人たちだったんだ……僕がそれを知ろうとしなかっただけで）

祖父母との諍《いさか》いだってそうだ。父方の実家にしか行かなかったのだから、自分だって少し考えれば気づくことはできたはずだ。

（これから少しずつ、知っていけばいいのかな）

そんなことを考えている自分にヒカルは驚いた。

二度と日本に来ることはないと思っていたのに、今はもう、次に来ることを考えているのだから。

◇

「なんでこんな薄暗いところに1時間も放置されなきゃなんないのよ！」

ヒカルとラヴィアが「東方四星」の3人と葉月がいるマンションに戻ると、それからものの数分もしないうちに「世界を渡る術」が発動した。

そして、亀裂が生じて発せられたセリカの第一声がそれだった。

「すみません、事情を説明する余裕もなくて。でもポーラが説明したでしょう？」

日本と、ポーンソニア王国と、入れ替わりながらヒカルが見ると、ポーラがげっそりした苦笑いを見せていた。セリカはだいぶ文句を垂れていたようだ。

「ありがとう。精霊魔法石、上手く反応したみたいだね」

「はい。これが失敗したらヒカル様もラヴィアちゃんも帰ってこられないと思うと手が震えましたけど……！」

戻ったラヴィアと手を取り合ってポーラが喜んでいる。

「――ていうかセリカさんはまだ日本にいるんですか」

亀裂の向こう、マンションに戻ったセリカにヒカルがたずねる。

「そうよ！　お金はいっぱいあるって言ったでしょ！」

「でも面倒ごとも多いでしょ」

亀裂が再度開くまでの短い時間に聞いたところ「東方四星」が伝染病を持ち込んでいないかどうかとか、精密検査は終わっているようだった。かといってなんの制限もなく歩き回れるものではないだろうし、マスメディアの目もある。このマンションも今は大丈夫のようだが、どうせすぐにバレる。

「面倒になったら帰る！」

「……いや、その『面倒になったら』がいつなのか、僕には知る術《すべ》がないんですけど」

「1か月に1回ずつつないで！　そのときに必要なものを連絡するから！」

「イヤですよ、面倒くさい。大体、元々は短期間の予定だったじゃないですか――」

ラヴィアがヒカルの服を引っ張った。

「……ヒカルもそのとき日本に帰るなら、入れ替わりでセリカさんに王国に行ってもらうことを交換条件にできる」

「！」

ヒカルの家からセリカのマンションへ戻ってくる間に、両親とどんな会話をしたのか、その内容をラヴィアに説明してあった。ラヴィアもヒカルが日本に行くこと――ラヴィアもいっしょに行けることに大賛成だった。

「……わかりました、セリカさん。とりあえずまた1か月後、つなぎます。そのときには全員こっちに来てもらって、今後どうするかの話し合いをしましょう。僕の希望もまとめておきます」

「交渉成立ね！」

閉じようとしている亀裂の向こうで、セリカが腰に手を当てて得意げな顔をした。

ソリューズにシュフィ、サーラもしばらく日本にいることは賛成のようだ。さすが冒険者と言うべきか、楽しむべきときにしっかり楽しむことができる。

『葉月先輩も、また』

日本語で声を掛けると、葉月は目を瞬《またた》いてから微笑《ほほえ》んだ。

『またね——もう死んだりしないように』

と言って。

亀裂が閉じる直前、「あっ」とヒカルは思い出して懐から取り出した小さな包みを投げ込んだ。

そして周囲は暗闇に戻った。

魔術式が焼き切れ、触媒が燃えた様々な焦げ臭さが混じり合った空気に咳《せ》き込みそうになる。

「さて——それじゃ行こうか」

「ん。日本は面白かったけど、空気が悪かった」

「ラヴィアちゃん、どんなものがあったか教えてね！　あとヒカル様のご両親のことも」

「もちろん」

「ははは……」

うろたえたり、驚いたり、どうしていいかわからなくなったり——自分の情けないところをラヴィアにはいっぱい見せてしまった。でも、そんなところも全部彼女には見てもらいたいとヒカルは思っていた。

倉庫から外に出ると、王都の夜空には多くの星が瞬いていた。ラヴィアの言うとおり、なるほどこちらは空気がきれいなのだろう。

「——ヒカル、そういえばさっきはなにを投げていたの？」

「ん？　あれはセリカさんに頼まれていたヤツだよ。こっちの世界を撮影して……ってほら、見せたよね、小さい機械。魔道具みたいなの」

「写真？　だっけ？　撮ったの？」

「できる範囲でだけどね。あんまり撮ってる余裕もなかったけど……」

ヒカルは小さく笑った。

「？　どうしたの」

「いやさ——あれを見たらセリカさんはどんな顔をするかなって」

見てもすぐには気づかないかもしれない——いや、ソリューズならばすぐにそれが「誰」なのかわかるだろう。

クジャストリア女王陛下のオフショット写真だ。

エピローグ　ダンジョン狂想曲

分厚く立派なその用紙には、金粉を使った装飾が施されていた。「ポーンソニア国王令」と題されたその文書には、法律家が書いたらしい独特の言い回しの長々とした文章が綴《つづ》られている。

要約すればこういうことになる。

『貴族家の当主が不意の事故で亡くなり、直系の男子がいなかった場合でも女子が相続できるように、王国法は改正されることになった。改正はまだ先のことだがすでに貴族院（議会）は通過している。この改正は今からさかのぼって5年まで適用され、急な当主の死亡時に直系の女子しかいない貴族家において、女子の爵位継承を認める』

さかのぼって「5年」というのは、クジャストリア女王の王位継承が「貴族家と同様の扱いだよ、王族が特別なんじゃないよ」というアピールをするためだった。「5年」という短い期間に限定したのは、それ以上さかのぼると他の後継者問題も出てくるからだ。

文書のいちばん下には署名欄があり——さらさらと羽根ペンが走ると、「クジャストリア＝ギィ＝ポーンソニア」という文字が書かれる。黒色のインクに青色の魔力がちらちらと潜んでいるのはこの羽根ペンもまた魔道具だからだろう。

「ふぅ、これでよし、と」

「……ありがとうございます、陛下」

クジャストリアが執務机の上で紙を滑らせ、それをスターフェイスとなっているラヴィアが確認すると、その場に片膝を突いて礼を取った。

仕草は一般的な騎士がするそれと同じだが、一連の動作に淀みがない。もしかしたら、彼女は礼儀作法のトレーニングを受けたことがあるのかもしれない――と頭の片隅でスターフェイスの素性《すじょう》に思いを馳《は》せつつ、クジャストリアは、

「ほんとうにこれでよかったのですか」

机に肘を突き、指と指を組んだ上にアゴを乗せて言った。こうした振る舞いは年頃の少女にしか見えない――なにせ彼女はまだ17歳だ。

「どういう意味でしょうか」

「……立ちなさい」

「はい」

すっくと立ち上がったラヴィアは14歳なのだが、クジャストリアはそれを知らない。ただ仮面とフードで隠れてはいるが自分よりも年下なのだろうとは思っている。

「これでアイビー＝フィ＝テイラーは正式に『テイラー男爵』となりました。王立魔術研

究院で働くことも問題ありません……魔術の研究者は少なく、優秀な者はさらに少ないですから研究院も喜ぶでしょう。面倒な身元調査も、彼女は貴族家当主ですから行う必要もありませんし」

魔術はお金がかかる。利益を出すために魔導ランプを造るのならばいいが、新たな理論を研究するために魔術用の触媒を購入するなど、とにかくお金がかかる。

結果として貴族か、富豪か、魔道具を扱う大商会の研究部門くらいしか、魔術を研究できない。

魔法があるせいで科学は進まないが、一方でお金の問題があるために魔術研究も進まない。結果、長い年月をかけてもゆっくりとしか文明が進歩しない。

そのくせ「世界を渡る術」のようなとんでもない魔術が出てきたりもするのだが、それはさておき。

「『四元精霊合一理論』の実験が成功したというのには驚きました。この目で見てもいまだに信じられません。これは……あらゆる魔術を変える可能性を秘めています。魔道具のレベルが一気に上がり、軍事、生活、人の関係するすべての魔道具を変えるでしょう」

「四元精霊合一理論」は、魔術研究、魔道具製作においていちばんのネックだった「お金」の問題を解決する。

世界を一変させる可能性を持つ発見だとクジャストリアはわかっている。

「それほどの発明の手柄を……シルバーフェイスはアイビーに譲ってしまって、よかったのですか」

「はい、構いません」

「どうして？　魔術の研究家ならば自分の名前が後世に残ることを夢見てやまないものですよ」

「シルバーフェイスは研究家ではありませんから」

「それは……そうかもしれませんが。しかし……」

クジャストリアは口ごもった。

目の前に立つ仮面の少女の、淡々とした様子を見ていると心がざわつく。世紀の発見を「たいしたことない」と言われているような気がする。スターフェイスだけならまだしも、他ならぬシルバーフェイス自身が言っているらしいのだ。

（どうしてなのですか。銅像が造られ、魔術教本の最初のページにその名が記され、何百年も崇敬されていいほどの発見だというのに……）

そしてクジャストリアは自分自身がなぜこれほど動揺しているのかすら、わからないのだった。

クジャストリアはこの国の頂点だ。だが、自分が「お飾り」だと信じ込んでいる。やがて次の王に交代するまでの「つなぎ」でしかないのだと。

だからこそ彼女は魔術を研究する。魔術の世界は血筋も名声も関係ない、実力勝負の世界だ——それは己《おのれ》の能力だけで勝負する冒険者の世界とよく似ている。運が必要なところも。

魔術研究で名を馳《は》せることができれば「お飾り」ではない本物の自分を歴史に刻むことができる。

クジャストリアにとって「魔術研究」はそれほどに重いものなのだ。

「……シルバーフェイスが言うには、『四元精霊合一理論』を実用化するには厳密な魔力測定機器が必要不可欠で、アイビーがその研究をしたらよいと。そして実用化に至ったとしても、その技術の公開は慎重に、軍事ではなく医療や、国民が便利な生活を送れるようなものにまずは使ってほしいと言っています」

「………………」

聖人君子か、とクジャストリアは言いたくなる。

ヒカル自身は実際には高尚な思いなどなにもなく、アイビーの努力に比べれば自分が手を貸したのは些細《ささい》なことだと思っていたし——すべては「魔力探知」のおかげだ——この発見で大量殺戮《さつりく》兵器などが生まれたら気分が悪いというだけだったのだが。

（……あのとき、もっと真剣に迫っておけばよかったのでしょうか）

この部屋でシルバーフェイスと話したことは何度もあるが、なかでも最初のころのことを思い出す。

——シルバーフェイス、こうなった責任の一端はあなたにもありますよね？　どうですか。あなたが未来の国王の父になるというアイディアは？

あのときのシルバーフェイスは珍しくうろたえて、彼の「地」が出ていた——「僕」なんて言葉を使ったのだから。

「女王陛下？」

思わず口元をほころばせたクジャストリアに、ラヴィアが声をかける。

「なんでもありませんわ——ともあれ、『四元精霊合一理論』の実用化にはまだ時間がかかります。そして実用化の暁にはシルバーフェイスの望み通りにすることを約束しましょう」

「ありがとうございます。直接的な軍事力を強化せずとも、市民生活が向上すれば自ずと国力は増し、ポーンソニアは大陸一の大国になりましょう」

どきり、とした。

クジャストリアがあっさりとヒカルの希望を呑《の》んだのはまさにラヴィアの言った内容が頭にあったからだ。

軍事力に資金を注がなくとも、いくらでも周辺国に先んじる方法があるのだ。

「……それはシルバーフェイスが言っていたのですか？」

「いえ、わたしの考えです。余計なことを申しました」

「ふむ……あなたの能力も高そうですね。どうですか、わたくしといっしょに王国のために働くというのは——」

「い、いえ、そういうのは結構です。し、失礼しますっ」

立ち上がり、じりじりっとにじり寄ったのがいけなかったのか、スターフェイスはあわてて部屋を出て行った。

「……まあ」

そのあわてぶりはヒカルよりもあからさまだったので、あっけにとられたクジャストリアではあったが、

「スターフェイスにも、意外と子どもっぽいところがあるのですね」

くすりと笑った。

◇

「ここが君に与えられた部屋だ」

ドアが開くと、質素な内装ながら広々とした部屋があった。向こうには続きになっている2部屋があり、合計3部屋だ。

収納棚はカラッポだったが、うれしかったのは壁に据え付けの本棚があったことだ。いくらでも論文やファイルを置ける――アイビー＝フィ＝テイラーの口元が緩んだ。

「満足したようだな」

「は、はいっ、とても」

アイビーを案内してくれた男は青色の制服を着ていた。

「王立魔術研究院は研究こそがすべて。身分の上下は関係ないから、相手がどこの貴族家の出身か、などという詮索はしないように。聞かれることがあったとしても答えなくて構わない。また同様に男も女も関係ないので制服も大体同じ形をしている……残念なことには男のほうが圧倒的に多いのだがな」

「魔術研究者の女性は、ほとんど聞いたことがありませんものね」

「そのとおりだ。とはいえ、男女の垣根など気にせず協力し合い、魔術の道を進もう」

「はい！　ありがとうございます！」

差し出された手をアイビーが握り返すと、男は満足げな顔で去っていった。

ひとり取り残されたアイビーは、両手にバッグをぶら下げて部屋に入る。

「……今日から、ここで暮らすのか」

王立魔術研究院は機密情報を扱うことも多いので、王城の敷地内に研究所と宿舎がある。研究院で働くことが決まったアイビーは、今日引っ越してきた。

「これだね」

置かれていた制服に袖を通すと、元々の短髪とも相まって相変わらずの中性的な姿になった。

「ふーむ……男も女も関係ない……から、いいのかな？」

とか思っていると室内にベルの音が響いた。各室には魔道具のチャイムが設置されているのだ。そんな小さなことにも胸を弾ませながら来客を確かめに行くと、

「――シルバー！」

「へえ、結構いい部屋なんだな」

銀の仮面を着けたヒカルが立っていた。

「よく来てくれたね。というか、よく入れたね。ここ王城の中でも結構警備が厳重だって聞いたんだけど」

「ん？　まあ、フリーパスみたいなのを持ってるからね」

実際には「隠密《おんみつ》」で不法侵入しているだけなのだが。

「フリーパス？　……君、何者？」

「まあ、まあ、それはいいじゃないか」

「わかったよ……中に入って」

先ほどアイビーがしていたように、ヒカルもまた室内を見て「広いなあ。おっ、本棚が

あるのはいいなあ」と感心した。

「そう言えば、テイラー家のお屋敷はどうするんだ？　おばあさんに任せているのか？」

「ううん。ばあやはもう歳だから、引退してもらったんだ。元々、こっちの都合で延ばし延ばしして、今までいてもらったんだし……お屋敷は売ったから、たっぷり退職金を払えたよ」

「そうだったのか……その、寂しくないか？　お屋敷まで売ってしまったら」

「……まあね」

寂しさはある。父と兄の思い出が詰まった屋敷を出てきたのだから――とはいえ、あそこにいてもどうしようもなかったのは事実だ。

「でもいいんだ。私は次の一歩を踏み出したんだから」

一抹の寂しさを振り切るように、アイビーは笑った。

「全部シルバーのおかげだよ」

「いや……それは違う。ほとんどは君の努力だった。おれは最後の最後で、ほんのちょっと背中を押しただけだからな」

「そんなことない。借金のことだって解決してくれたじゃないか」

「……ヴィルマ＝フィ＝テイラーの居場所がわかったよ」

「えっ」

「今日はそれを伝えにきたんだ」

借金の半分はアイビーが、残りはヴィルマが責任を負うことになった。

アイビーが負担する借金は、屋敷を売ったお金で大半を返済でき、残りは研究院で働きながら少しずつ返すことになっていた。

「ヴィルマのことを知る必要もないのだけど、もしかしたら知りたいのかなと思って。どうする？」

「………………」

ヒカルの言うとおり義母はもう自分の人生とは関係がない。

だけれど借金で苦しむようになったのは義母のせいだとあとから聞いて——怒りが走ったのも事実だ。

「……ううん、知らなくていい」

アイビーはそう答えていた。

「そうか」

「うん。つまらないことを振り返っている時間はないから……私には『四元精霊合一理論』の実用化という目標があるからね」

「わかった」

意欲たっぷりに目をキラキラさせているアイビーを見て、ヒカルもうっすら微笑《ほほえ》んだ。

（これでもう大丈夫だな。過去に囚《とら》われることなく、前を向いて歩いて行ける）

天涯孤独の身には心の支えが必要だ。それが、アイビーの場合は「研究」なのだ。ヒカルにはわかる——前の身体の持ち主であるローランドの記憶がそうだったから。ローランドも、モルグスタット伯爵の陰謀によって両親を亡くした。彼は魔術の研究、とりわけ「世界を渡る術」だけを心の支えとして生きていた。

魔術バカが集まるというここ王立魔術研究院なら、きっと大丈夫だ。

（アイザックの友人だって見つかるだろうし）

ヒカルはいまだ、彼女をアイザックだと思っている。

（そうなれば僕のお役は御免だ——僕は、「四元精霊合一理論」の共同発見者にはなれないから）

実在しない「シルバー」なんて人物を論文に記載したところで意味はないし、ヒカルは自分の正体をむやみに明かす気はなかった。ヒカルとしては「四元精霊合一理論」が完成し、「世界を渡る術」に利用できることがわかっただけで十分な報酬だった。

（この辺りが潮時かな）

趣味が合いそうだったからもっと語り合いたい気持ちはある。だけれど深入りすればするほど、シルバーフェイスの正体に近づいてしまう。

そうすればアイビーも危険になるかもしれない。それは、ヒカルの望むことではなかった。

「あ、あのさ、シルバー……私はひとつ君に話さなければいけないことがあるんだ」

うつむいてもじもじしていたアイビーは、意を決したように顔を上げる。

「実は、実はね、私は——」

だけどそこには、誰もいなかった。

「……シルバー？」

まるで初めから誰もいなかったかと思えるほど唐突に、彼女の前から彼の姿は消えたのだった。

◇

「……おい、親父ィ……なんじゃこりゃ」

「お？　おお。懐かしいな。これは服屋のドドロノが一張羅《いっちょうら》を仕立ててやるから前金でくれと言われて払ってやった引換券じゃねえか。そういや、あいつ、俺の服を仕立てたのか？」

「バカかよ!?　そんなのは体《てい》のいいタカリじゃねえか！　借金もできねえヤツらの常套《じょうとう》手段だよ！」

「バカ言うんじゃねえや。ドドロノの目はマジだったぜ……」

「……代替わり前からボケてたのかよ」

「あァ!? てめえ、さっきから聞いてりゃそれが実の親に吐く言葉かよ!?」

「アンタが残したもんがクソだったから俺が苦労してんだ！」

その石造りの屋敷は、「石でできていて頑丈」という以外はなんということもない、野暮ったく、圧迫感のある建物だった。「バラスト商会」の以前の本拠地である。

旧モルグスタット伯爵邸は競売に出して、元の屋敷で再出発を図ることになったバラスト一家は——文字通り「一家」は——この屋敷に戻ってきた。

そこで初めて、エドワードは知った。ここにはいくつもの隠し棚や隠し扉があって、隠し資産や帳簿があったことを。

だが開けてみてビックリ。それらは証文のようで実質は「金の無心」——返却されるアテのない貸金だったのだ。

借金のカタにとったアクセサリーや武具類も、手入れをしていないからか、あるいは粗悪品だからか、錆《さび》が浮いて輝きを失っている。「なんだ、ウチの『財産』も知らなかったのか」と父ドーマに秘密を明かされ、心浮かれていたエドワードは、瞬《また》く間にどん底に突き落とされた。

「まあ、なにもねえよりはマシだがよ……」

と、いつの時代のものかもわからないカビだらけの布をぺろりとまくり上げ、渋面を作るエドワード。

「おっ。懐かしいじゃねえか、この文字。ポーンドの先代代官様の署名だぜ。アイツのケツが青かったときから知ってるからよお」

「……親父、俺の目にはその紙の頭書きは『借用書』となってんだが」

「そうだとも。代官がどれくらい偉いのかってえ話になってよ、そんなに偉いならこの俺に1千万ギランくれえ貸してみろやって言ったら、アイツ、ぽんと貸しやがった。成長したもんだと思ったぜ……」

「バカかよ!? ウチが借りてんのかよ!? いくら返済して残債はどんだけあんだ!?」

焦げ付きまくって回収できる当てのない貸金に加え、自分たちの借金まであるとなると
――エドワードの顔から血の気が引いた。

バッ、と父から奪おうとしたその紙は、長年放置されていたせいだろうびりびりびりと破け、さらには返済額や利率のところは滲《にじ》んで見えなくなっている。

「…………」

エドワードは千々《ちぢ》に破れた紙片を見つめていたが、

「……見なかったことにする」

死んだ魚の目になった。

「くっくっく。それでいいんだよ、エドワード」

そんな隠し部屋にやってきたのは兄のサーマルだ。

身体中はいまだ包帯でぐるぐる巻きになっているが、それはエドワードの魔道具で焼かれた痕だ。「回復魔法」を使えば治るし、エドワードもそのための金を払うと申し出たのだが、ドーマが「しばらくそのままでいろ。兄弟ゲンカの傷痕くれえあってもいいだろ」と言うので、致命傷になりそうな部分以外はそのままだった。

「細かいことは気にすんな。商会長はどーんと構えてりゃいい」

「おいおい……どーんと構えてたら兄貴たちに大酒飲まれて財布が空っぽになるっつうんだよ。なんだよあの酒代、久しぶりに請求書見て震えたぜ……」

サーマル率いる手下と、エドワードの手下との抗争は幸い死者が出ることもなく、「回復魔法」によってサーマル以外は治療されていた。

この件は父の介入によって「手打ち」となり、全員集めて酒盛りとなったのだが――サーマルの手下たちが飲むわ飲むわ。サーマルは大ケガをしているので本調子ではなかったというが、それでもエドワードの5倍は飲んでいた。

請求書はすべて「バラスト商会」に来ることとさえ知っていれば許可しなかったのに――とエドワードは後悔したものだ。

「んでもよ、わだかまりはすっかりなくなったろ？」

顔も包帯で巻かれていたが、サーマルはまるで子どものようにニカッと笑った。そうだ
――この人はこういう笑い方をするのだったとエドワードは思い出す。あれはふたりがまだ10代前半だったころだ。

――おい、エドワード。冒険者がケンカしてるぞ、見に行こう！

――やだよ。兄ちゃんも参加するんだろ？　俺も巻き込まれて殴られるんだもん。

――逃げろよ。一発殴ってパッと逃げる。向こうは頭に血が上ってるから、誰がやったかすぐにわからない。何発目でバレるかが勝負だ。

――やだって。バレたら追われる。

――バカ、それが面白いんだ。

あのときもニカッと笑った。そして冒険者の乱闘に紛れ込んで、サーマルが殴って逃げようとしたらすぐにバレてなぜかエドワードが殴り飛ばされた。それを見たサーマルがブチ切れて、冒険者全員をたたきのめした――。

あのときの兄は、カッコよかった。

自分のために戦った兄は、とんでもなくカッコよかった。

焦がれるほどに憧れて、でも自分がああはなれないことをエドワードは知っていた。

「な、なんだよエドワード。お前、泣きそうな顔して」

「……言ってろ、バカ兄貴。酒代分はせいぜいこき使ってやるから覚えとけ」

「おお、おお、その意気だ。俺は飲むぜ」

「そうじゃねえよ」

兄のようになれないなら、兄を「使える」自分になればいい――それが組織のトップに必要な「資質」なのだとわかるまでに、あまりに時間がかかりすぎた。

だが、それでも、わかったのだ。

回り道をし、時間はかかったけれど、それでもエドワードは結論にたどり着いた――取り返しのつかなくなることが、起きる前に。

「――ふっ」

兄弟の会話を聞いていた父は、小さく笑った。

「それじゃあ先代商会長の俺から、仕事を発注すんぞ」

「あ？　仕事？」

「そうだ――人捜しだ」

ドーマは親指を自分の胸に突きつけた。

「肺病でくたばる1歩手前だったこのワシを治した『彷徨の聖女』、そして彼女を見つけてくれた冒険者ヒカル。このふたりに礼がしてえんだ。捜し人としちゃあ、上出来だろ」

「…………」

「…………」

エドワードとサーマルが視線を交わす。

「……そりゃ、捜さなきゃならねえな」

「だな。俺ら一家の恩人だ」

こうして「バラスト商会」は営業を再開することになる。

王都の裏社会とのつながりや、それについて冒険者ギルドと盗賊ギルドが動いていることもわかっていて、頭の痛いことばかりではあったが——エドワードの表情は晴れ晴れとしていた。

◇

「世界を渡る術」を完璧な形で、安定的に使えるようになったことはとてもよかったが、想定していなかった「日本に戻る」という選択肢が出てきてしまった。

来月はセリカたちとそれについて話し合う必要があるだろう。ヒカルかセリカのどちらかは、こっちの世界にいないと「世界を渡る術」は使えない——はずだ。その実験をしたほうがいいかもしれない。たとえばソリューズやサーラ、シュフィが術を使えば、「魂と魂の結びつき」によって日本にいるセリカにつながるのか、とか。

日本は日本で大変な騒ぎになっているはずだ。毎月1回、必ず開いていた亀裂が出現しなくなるのだから。

取材攻勢が強まらなければいいけど……と思いつつも、「異世界が存在する」ことをバラしてしまったのはセリカの責任ではある。

（あー……「太陽剣白羽《ホワイトレイブレード》」のこと、ソリューズさんに言うの忘れてたな）

ルヴァインに報告（その後に即逃亡）したのを、次に会ったときにでも一応伝えておくべきだろう。

王都に「東方四星」の所有する住宅があって、使ってくれと鍵も渡されていたけれど、変に借りを作りたくないのでそちらは放置している。

（なんか、しがらみが増えてないか？）

いろいろと気疲れしたヒカルは、気づけばうつらうつらしていた——今いるのは衛星都市ポーンドに向かう乗合馬車だった。

前回久しぶりにポーンドを訪れたときからヒカルは考えていたのだ。

冒険の始まりの地だったポーンドを拠点にしばらく活動しようと。

ラヴィアも疲れているらしく眠っていて、ポーラだけが起きて、眠るふたりに両肩を貸していた。重いだろうになぜかポーラは幸せそうににこにこしていた。

「——ヒカル様、ラヴィアちゃん、着きましたよ」

ポーンドに着いたのは夕暮れ時だった。

馬車の停留所を出て、こぢんまりした街の大通りを歩いて行く——前回はここで、バラスト一家が大ゲンカすることを聞いたんだったなと思い出す。

「そういえばラヴィア、今回はありがとう」

歩きながらヒカルは言った。ポーラをポーンドに連れてきてしまったあとはひとり王都に残ってアイビーを護ってもらったし、女王クジャストリアとのやりとりも任せっぱなしだった。本人が「わたしがやりたいから」と言ったのもあったけれど、女王陛下のところに「隠密《おんみつ》」で行くなんて大胆だなぁ、と、どの口が言うのかそんなことをぼんやり思ったヒカルである。

「……いろいろと、話したいことがあったから」

「女王陛下と？」

「うん。——それよりヒカルは、アイ……テイラー男爵と話してきたの？」

「話したよ。でもこれ以上は彼に深入りしないほうがいいから、もう接触することはないんじゃないかな」

「……そう」

彼、という言い方に、いまだにヒカルが「アイザック」だと勘違いしていることをラヴィアは知る。

「どうしたの、ラヴィア」

「ううん。別に……たまにヒカルがずるいって思うことがあるだけ」

「えぇ？　僕が？」

「でもいいの。そういうヒカルも好きだから」

「！」

左腕にぎゅうと抱きつかれて、ヒカルは一瞬焦る。ラヴィアは人前でこういうことをしなかったはずだ。

「えっと……ごめん、王都にひとりで放置しちゃったこと、怒ってる？」

「怒ってないよ」

「そ、そう？」

「でも、受付嬢のフレアさんとふたりで行ったっていうカフェには連れてってって」

「!?」

じーっとこちらをラヴィアが見上げてくる。

「ど、どこからそんな話を聞いてくるんだ」

「『壁に耳あり障子に目あり』」

「それは確かに——じゃなくて、それ、日本語のフレーズじゃないか。いつの間に」

「日本からの帰りがけにサーラさんと少し話して、教えてくれた」

「………………」

ほんとに「東方四星」は日本を楽しみ過ぎだと思う。

「わたし、日本語を勉強したいの。確かソウルボードに語学に強くなれる項目があったよね？」

「う、うん」

ソウルボードの「直感」には、「知性」のツリーに「言語理解」「言語出力」というものがある。

ただ、ラヴィアは「直感」すらアンロックしていないので「言語理解」に1振るだけでも最低3ポイントが必要になる。

「わたし、モンスターいっぱい倒す」

ふんすっ、と両手を握りしめて気合いを入れているラヴィアの姿に、ヒカルは目を瞬《またた》かせる。

「ま、まあ、やる気があるのは結構なこと……かな？」

これから冒険者活動を再開する予定だったので、都合がいいと言えば都合がいい。ヒカルやポーラも、ソウルボードのポイントは0なので、緊急時には心許《こころもと》なく、お金を稼ぐだけでなく「魂の位階」上げも目的のひとつだった。

「あれ？　ヒカル様、なんだか冒険者ギルドが騒がしいですね」

「夕方のギルドは騒がしいのがふつうなんじゃゃ――」

ヒカルは言いかけたが、確かにポーラの言うとおり、その騒がしさはなにかがおかしかった。

ギルドに、冒険者が押しかけているのだ。

あまりの多さに入口の外にまで冒険者が広がっている始末。

「――おいおい、どこでなにが起きてんだ？」

「――すみませーん、王国内はどうなっているんですかー」

「――それが全然把握できていなくて……」

「――速報が入っただけだってよ」

「――すっげえな、わかっているだけで10を超えるダンジョンか」

ダンジョン、という言葉にヒカルたちは顔を見合わせた。

フレアにしてはがんばっているのだろう、彼女の張り上げる声が外の通りにまで聞こえてきた。

「ギルドとしてましてはぁ、事態の把握に努めていますがっ、今のところはぁ、『大陸各地でダンジョンが出現した』というだけですぅ！　その数は、わかっているだけで12となりますぅ！」

大陸各地に新規ダンジョンが大量に出現した――。

ヒカルが事態の詳細を知ることになるのは、この日からもう少し時間が必要だった。

◇

「しかしよ、停戦どころじゃなくなっちまったな」

にやり、と獰猛《どうもう》な笑顔を見せたのは中央連合アインビストの盟主ゲルハルト＝ヴァテクス＝アンカーだ。

「いえ、むしろ停戦できたことを喜ばしく思います。ダンジョン問題のさなかに、クインブランド皇国に攻め込まれたらひとたまりもありませんから」

冷静に答えたのは聖ビオス教導国の教皇ルヴァインだ。

彼はクインブランド皇国との停戦協定を締結し、昨日、聖都アギアポールに戻ってきたばかりである。

ふたりは並んで「塔」のバルコニーにいる。

地上7階の高さのここからは、聖都が一望できる——夕陽に照らされた聖都が。

「いいのですか、盟主」

「あん？」

「アインビストにも現れたのでしょう？　アレが」

ルヴァインが指差したのは、聖都の外壁の向こう——森林のど真ん中にそびえ立つ巨大な円錐状の「岩山」だった。

「岩山」の周囲には色濃い魔力――瘴気《しょうき》、あるいは呪いの類《たぐい》だろうか――が漂い、遠目にはハエのようにしか見えないが近づけば数メートルはあろうかという怪鳥が群れをなして羽ばたいている。偵察隊の報告によれば多種多様なモンスターが棲息しているらしい。

そんなものが、聖都の目と鼻の先に現れたのだ。

「おお、そうらしいな。アインビストのダンジョンは街から離れてるから問題ねえだろ――なあに、ここを片づけてから行くくらいの時間的余裕はある」

ゲルハルトはすでに、あの「岩山」――「ダンジョン」を攻略する気のようだった。

自分が盟主を務めるアインビストにもダンジョンが複数出現したという情報を耳にしているというのに、目の前に面白そうなものがあれば素通りすることなどできないのである。

「やれやれ……副盟主ジルアーテ殿も苦労するわけですね」

「くっくっ、いいんだよ。俺が自由にやればやるほど、みんながジルアーテを頼る。――だが教皇さんよ、いいのか？　あのダンジョンにゃ、お宝が眠ってるかもしんねえぞ。俺が根こそぎ持っていっちまうぞ？」

「構いませんよ。ダンジョンからモンスターがあふれる危険……聖都の脅威を排除できるほうがなによりありがたいですから」

「おお、そりゃいいことを聞いた。それじゃ自由にやらせてもらうぜ！」

マントを翻して部屋に戻ろうとしたゲルハルトは、ぴたり、と足を止めた。

「そういや、なんでダンジョンが出てきたんだ？　アンタ、なんか知らねえか」

「どうでしょう。見当もつきませんね」

「…………」

「…………」

「……ま、俺は暴れることができればそれでいいんだがな」

ゲルハルトはのっしのっしと去っていった。

「…………」

ルヴァインは彼が去っていったあと、視線を「岩山」に向け――それから足元に降ろした。

「……『大穴』にあった謎の装置を壊したとシルバーフェイスは言っていましたね。それは、世界の『邪悪』を集め、凝縮する装置なのだと……。もしその『邪悪』が集められることなく放っておかれたら――いったいどうなるのでしょうね」

疑問形のようなつぶやきだったが、ルヴァインは確信していた。

各地で起きているダンジョンの出現。それはあの「大穴」に関係しているのだと。

「大穴」の装置によって、なんらかの形で封印されていたダンジョンが、あれなのだ。そして装置の破壊によって——地表に現れたのだと。

「まったく、あなたは私を退屈させませんね、シルバーフェイス」

そんなことまで僕のせいにするな——とヒカルが聞いたら言うだろうけれど。

ダンジョンがどのようなもので、誰が造ったものなのかは一切不明だった。

だがそれでも、ダンジョンの出現を境に、各地の冒険者は大いに活気づいた。ダンジョンには「宝」が眠っているというのが相場だからだ。

「宝」を狙うのは冒険者だけではなく、貴族や軍人たちもまたダンジョンの確保に動き出す。

世界は、ダンジョンを巡る騒動に突入していくことになる。


〈『察知されない最強職 9』完〉

付録　放置されたい東方四星《フォー・トラベラーズ》

ゆったりとしたソファ席、音量を絞ったジャズの聞こえる落ち着いた店内空間――だというのにテーブルの上はてんでばらばらだった。

ブラックコーヒー、ホイップクリームを追加でマシマシにしたフルーツパフェ、フラワーティー、それにオムライスとペペロンチーノ。

「ううむ、酸味の後に抜けるような香りが……すばらしい」

ソリューズはコーヒーを口に含んでは目を閉じている。あちらの世界にもコーヒーはあったが、アメリカンのように薄めのものが中心だった。豆の種類と味わいの深さに気づいた彼女は、喫茶店に入ると必ずコーヒーを頼んだ。

ブラウスにスキニージーンズという服装は、眉間の皺《しわ》さえのぞけばファッションモデルのようだ。

「〜〜〜〜♪」

シュフィは甘いものばかり食べてはうっとりとしている。ただ甘いだけでなく冷たかったり、歯触りが違ったり、フルーツを合わせたりといくつもの楽しみがあるパフェがお気に入りだった。ちなみにこのパフェは2杯目で、調子がいいときは4杯食べる。どうして太らないの？　とセリカは思ったが、胸のふくらみがすべて吸収しているのだろうと勝手に結論づけている。ちなみにシュフィは日本にいても修道服だ。

（なんでフラワーティーはポーンソニアにはないのかしら？）

飲みながらふとセリカは思った。あちらの世界はお茶の種類は多かったがフラワーティーはない。そもそも観賞するための植物としての花がほとんど流通しておらず、花は高級品だというのもあるかもしれない。

セリカは実家にあったワンピースを着ていた。だいぶ秋も深まっているので、カーディガンを羽織っている。

「むしゃむしゃむしゃむしゃ」

オムライスとペペロンチーノに夢中なのはサーラだった。サーラもシュフィに負けず劣らずよく食べるが、彼女の興味はスイーツではなく食事に向いている。特にニンニクを利かせた料理にハマったようだが、オムライスは色合いがキレイだから好きらしい。

よく食べるが、サーラは落ち着きなく動くのでカロリーは順調に消費されている――なにせエレベーターを待つのがイヤだからと階段を風のように駆け上がっていくし、散歩していてもふらふらふらふらとあっちへ行ったりこっちへ行ったりするのだ。

サーラはロングTシャツにショートパンツという動きやすそうな格好だ。大体いつも動きやすさを優先するので、一時は「ジャージ最高！」と上下ジャージで過ごしていた。

ポロン♪

ふと、そんな音が聞こえた。続いてピロン、とか、カシャッ、とかいう電子音が続く。セリカが視線を向けると、あわててスマートフォンを隠す他の客。

はぁ……とため息が出る。いつものことだ。こうして外出すると、必ずスマートフォンで写真や動画まで撮られる。彼らは一様に同じ行動で、スマートフォンを隠してからこそこそなにかやっているのである――SNSに書き込むか、仲間内に共有しているのだろう。「異世界人発見！」というコメントとともに。

喫茶店を出ると本日の目的地に向かう。しばらくすると数人のスーツ姿の男女が同じ喫茶店から出てきたが、それはセリカたち「異世界からの客人」を警護するために日本政府が派遣したSPだった。彼らは遠くから見守る程度に留《とど》めてくれている。

彼らはセリカたちの行く先々に身を隠しているのだが、ソリューズやサーラは簡単に見破った。ふたりに言わせれば「あんなもの、隠形《おんぎょう》でもなんでもない」らしい。

「わあ、すごいですわ！」

シュフィが嬉々とした声を上げたのは、今日の目的地が歴史ある寺院だったからだ。木造の巨大建築がまず珍しく、仏像という形の偶像崇拝も目新しいようで、目をキラキラさせながら見入っている。

他の宗教への忌避感はないようで、数百年も前に建てられたものが今も残っていることに純粋に感動していた。

「次は水族館！　水族館行こうにゃ〜〜〜〜！」

寺院を出るとサーラがそんなことを言った。

「あんた日本に来て水族館もう3回行ってるんだけど！」

「何度見ても飽きないよ！　特にタコとクラゲ……あれは不思議だよね……」

そのときだ。甲高く耳障りなキィーッという音が響いたと思うと、重い衝突音が続き、人々の叫び声が上がった。そちらを見ると、乗用車が縁石を乗り上げて歩道に突っ込んで停まっている。

「交通事故!?　人が挟まれてるわ！」

乗用車のバンパーの下から男性の腕が伸びていることにセリカは気づいた。

「――セリカ、魔法で男の人を車の下から出せるかい？　シュフィには『回復魔法』を使ってもらうよ」

「やってみるわ！」

「わかりました……魔力が心許《こころもと》ないですが、できる限りはしましょう」

ソリューズが指示を出していると、運転席のドアが開いて若い男が転がり出た。

「わ、わあっ!?」

男は足をもつれさせながら走って逃げ出す。

「……サーラ」

「えぇ～～……あれ、捕まえるの？」

「セリカとシュフィが動いているのだから、お願い」

「しょーがないにゃ～」

サーラは身をかがめるとすさまじい速度で走り出した――。


「……大変な目に遭ったわ！」

彼女たちが騒ぎから解放されてマンションに戻ってきたのは夜も遅くなってからだ。

日本でもわずかに発動できるセリカの「土魔法」で地面を陥没させて隙間を作ると、ソリューズや近くにいた人々の手で下敷きになった男性は救出された。

大量に血を流し、意識を失っていた男性ではあったけれど「回復魔法」で一命を取り留めた。やってきた救急車に彼を乗せると、今度はパトカーの到着だ。

逃げ出した運転手をサーラが捕まえて戻ってきたので「東方四星」の4人も警察で事情

聴取を受けることになった。それだけならまだしも、彼女たちの行動はすべて野次馬のスマートフォンで撮影されており、知らないうちに夕方のテレビニュースで流され、事情聴取が終わって警察署から出るころにはマスコミに囲まれていた。

するとどこからともなくＳＰたちが現れ――今までどこに行っていたのかと言いたくなるけれど――その手引きで裏道を通り、タクシーを乗り継ぎ、ようやく帰宅できたのだ。

「テレビ見て、見て！　シュフィがアップで映ってるよお！」

夜のニュース番組でも「東方四星」の行動は取り上げられていた。動画の画質は粗かったけれど、シュフィが明らかに超常的な力で被害者を癒やしたのがわかる。

ニュースキャスターは「奇跡の力」とか「神様が遣わしたような存在」とか言っているが、もちろんサーラたちは日本語はわからない。それでもこの映像が多くの人に見られていることは理解しているのでシュフィは顔を赤らめて「いやですわ、魔力があればもっとできましたのに……」と恥ずかしがり、サーラはそれをからかい、セリカは、

「ぬあ〜〜〜〜!!　見てこれ！　動画サイトにアップされてる！　百万再生行ってんだけど!?　あたしたちを盗撮したヤツにお金が入るなんて絶対許せないわ!!」

スマートフォンの画面を指差しながら「絶対動画消してもらう！」と騒いでいた。

「この世界はいろんなことがあって飽きないね。ところで――コンビニに行ってくるけどなにか必要なものはあるかい？」

ソリューズが立ち上がりながら言うと、

「スイーツが食べたいですわ！」

「コーラ！　コーラが切れたにゃ～～！」

即座にシュフィとサーラが反応する。

「わかったわ。――セリカはいいの？」

玄関までついてきたセリカは、

「ん……雨降るかもだから傘を持って行きなさい！」

押しつけるようにビニール傘を渡しながらそう言った。

ソリューズがひとり外に出ると、夜空は雲ひとつなく、月が出ていた。

「……セリカって意外と鋭いんだよね」

エレベーターを降りてマンションの外に出る。通行人はおらず、静かな夜だった。彼女は住宅街の中でも、街灯が少なく薄暗い往来へとやってきた。

『ソリューズさん……お会いできてうれしいです』

暗闇からにじみ出るようにスーツ姿の女性が現れた。黒髪黒目ではあったが、セリカたち日本人とはどこか違う面立ちであり、話している言語も日本語ではないようだ。

にこやかに、両腕を広げながら彼女――外国のエージェントは言う。

『今日のご活躍、拝見しました。すばらしい力をお持ちですね……我が国の上層部も注目しておられます。いかがでしょう？　ぜひとも我が国にいらっしゃいませんか』

「………………」

『ああ、いつも皆様のそばにいるＳＰには遠くに行ってもらいました。誤った情報を流すだけで誘導できるのですから、日本の防諜《ぼうちょう》はその程度のものです』

「………………」

『ちなみに、皆様のご意思を確認することはございません。我が国に来ていただき、その不思議な力の研究に協力いただくことは決定事項です』

エージェントは腰に吊っていた拳銃を抜くとソリューズに突きつけた——。

ふぅ、とソリューズは息を吐いた。エージェントが話している内容はわからないが、見当は付く。

「どこでも同じような輩《やから》はいるのだな」

『……なんですって？』

「ポーンソニア王国で活動している私たちをスカウトしに来た他国の間諜がいたんだ。彼らと君はそっくりだ。自分の優位性を信じて疑わず、スカウトと言いながら私たちへの礼儀などないに等しい」

ゆらり、とソリューズの姿が揺れたと思うとエージェントのすぐそばまで迫っていた。

パァンッ、と乾いた発砲音とともに銃口からのマズルフラッシュが暗い夜道を照らす。

だがそれだけだった。拳銃は跳ね上がり背後へと飛んでいく。

エージェントは懐に忍ばせた薄いナイフを引き抜いたが、それすらも硬質な音とともに弾け飛ぶと街灯の光を一瞬映じて闇に消える。

『な、な……』

衝撃を受けて震える右手を押さえながらエージェントは目を見開く。

「私は魔法が使えないから与《くみ》しやすいと、そう思ったのだろう？」

ソリューズはくるりと回転させた——ビニール傘を。

厳しい戦闘訓練を受けてきたエージェントですらもビニール傘の動きを見切れなかった。寸分の狂いもない正確さで拳銃の銃身を打ち、ナイフの横から打撃を与えた——。

「ひとりで来たことだけは評価してあげよう。だけれどね」

ドッ、という音はビニール傘の先端がエージェントの肩を打ち砕いた音だった。声もなく崩れ落ちる彼女の手から、通信機が滑り落ちる。

「……礼儀のひとつくらい、いや、せめて言葉の勉強はしてくるものだよ」

へたり込んだエージェントの鼻先にビニール傘の先端が突きつけられる。これはビニール傘でもなんでもなく、恐ろしい凶器であることは間違いなかった。

「いるんだろう？　この国の者よ」

ソリューズが自分の背後に声を掛けると、わらわらと数人のＳＰが現れ、これにもエージェントは目を剥《む》いた。確かに自分たちの情報で警護を解いたはずなのに――。

「日本のSPのずるいところは相手の策略に乗ったふりをして、私が撃退するとこうして捕まえていくことだよね……実は今日で3回目なんだ、私への襲撃は」

SPがエージェントを捕縛するのに任せ、ソリューズはビニール傘をくるりと回して歩き出す――表通りに出ると、彼女が傘を持っているのに気づいた通行人が「あれ？」という顔で晴れ上がった夜空を見上げては不思議そうに通り過ぎていった。

日本は面白いし平和だけれど、わずらわしいことも多いなぁ……なんて思いながらソリューズは、夜でも煌々《こうこう》と明るいコンビニエンスストアへと入っていった。

ヒーロー文庫

察知《さっち》されない最強職《ルール・ブレイカー》 9

三上康明《みかみやすあき》

2021年10月10日　第1刷発行

発行者　前田起也

発行所　株式会社　主婦の友インフォス
〒101-0052 東京都千代田区神田小川町3-3
電話／03-6273-7850（編集）

発売元　株式会社　主婦の友社
〒141-0021
東京都品川区上大崎3-1-1 目黒セントラルスクエア
電話／03-5280-7551（販売）

印刷所　大日本印刷株式会社

ISBN 978-4-07-449728-7